長編時代小説

仕込み正宗

沖田正午

祥伝社文庫

目次

第一章　上方からの客

一

夕立の雨音にも聞こえる蟬時雨《せみしぐれ》が、部屋の中にまで降り注《そそ》いでくる。

あぶら蟬のねばつくような啼《な》き声を聞いて、踏孔師《とうこうし》藤十《とうじゅう》は、腋《わき》の下を支える足力《そくりき》杖《づえ》で体を浮かせ、足踏みするのを止めた。

「……今年の夏はいつもより暑い気がいたしますねえ」

足力杖を支えて両腕が塞がるため、額から流れ出る汗を拭《ふ》くこともままならず、藤十が呟《つぶや》いた。

藤十は今、うつ伏せで寝ている浅草三間町《さんげんちょう》の油問屋河内《かわち》屋の主、作兵衛《さくべえ》の背中に乗り、踏孔療治を施《ほどこ》している最中であった。

踏孔療治とは、患部である経孔《つぼ》を圧迫し、刺激を与えることによって体調を整え、あるいは病《やまい》までも治す療治術のことをいう。平たくいえば足踏み按摩《あんま》である。

手入れのゆきとどいた庭に目をやると、葦簀《よしず》を背にして朝顔の、行灯《あんどん》仕立ての鉢植えが三鉢ほど、支柱に青いつるをからませている。

「今年の朝顔は、綺麗《きれい》な花をつけているのではございませんか？」

今は花を閉ざしている朝顔を見ながら、藤十が訊《き》いた。

「ああ、いい花を咲かせているのだが、昼前には花を閉じてしまうのが、朝顔のつれないところだ」

藤十を背中に乗せて、作兵衛が言葉を返す。

踏孔療治をはじめてから、かれこれ半刻《はんとき》が経った。陽が西に傾きかけている。そろそろ浅草寺《せんそうじ》の鐘が、夕七ツを知らせて鳴るころである。

「……上がりにするか」

藤十が、作兵衛には聞こえぬほどの小さな声で呟いた。

踏孔師藤十、数えで三十歳になる。

柿が熟《う》れたような、鮮やかな櫨染《はじぞめ》色の単衣《ひとえ》を、五尺六寸の上背に着流している。それが藤十の、仕事着であった。

総髪のうしろ髪は赤い元結《もつとい》で縛られ、馬の尻尾《しっぽ》のように垂れ下がっている。側髪は耳を覆《おお》ったあたりまで垂れ、手入れをなおざりにした無造作な髪型であった。

藤十の目方はおよそ十五貫ある。そのくらいが踏孔療治にはちょうどいいと、体の重さにはことさら気を遣《つか》っている。上背と比して、少し痩《や》せ型であるのは、剣術の稽《けい》古《こ》などによって体を鍛えているからであろう。

踏孔療治は、足力杖で体を支えて体の重さを加減する。体が重いと腕の力を余計に加えなければならない。その分仕事がきつくなる。かといって、体が軽すぎても効能に影響してくる。

藤十のもつ足力杖は、樫《かし》の木を素材とし、丁の字型をした一本の棒状にできている。全長が四尺五寸ほどある。軸となる胴の部分は刀の鞘ほどの太さがあり、先端は鉄鐺《てつこじり》で補強されていた。

丁の字の横棒にあたる脇あては、丸棒に籐《とう》を巻きつけてあるだけの簡素なものであった。脇あてから一尺ほど下には、体重を加減するための握り取っ手が張り出している。

十五貫の体を支える二本の足力杖は、踏孔療治にとってなくてはならない商売道具であった。

踏孔師――。

藤十自らその名を語り、踏孔療治の第一人者を自認する。

足力屋という職業があるが、藤十は、それとは療治効果において格の違いを主張して『似て非《ひ》なるもの』と、一線を画していた。

経孔を圧《お》すだけで、病の源を探り当てることができるのが、なんといっても、藤十の踏孔療治の強みである。それと、心身共に癒《いや》しの効果も抜群であると、評価が高い。

そのために、藤十の踏孔療治はべらぼうに高い。ゆえに客層は限られ、とても一般庶民の手の届くところではなかった。

この日、日本橋本銀《ほんしろがね》町にある酒問屋市松《いちまつ》屋で踏孔療治を施してからの、河内屋は二軒目の客であった。都合二両の稼ぎを藤十にもたらすことになる。人が羨《うらや》むほどの稼ぎであるが、その分藤十は気前がよすぎるのでさほど裕福ではない。

日暮れどきを迎えても、暑さは簡単に去るものでなかった。

それでも、ときおり緩《ゆる》やかに吹き込む風が、熱を帯びた体には心地よく感じられた。ちりりんと鳴る風鈴の音《ね》が、多少の涼を上乗せさせる。

涼しい風を受けて、再び藤十は足を動かしはじめた。

「こんな暑いときにすまなかったねえ……」

作兵衛が、間もなく療治を終える藤十に、ねぎらいの言葉を口にした。

「いや、旦那様のほうこそ、この暑さではおつらかったでしょう。もうそろそろ終わりとしますが、最後にどこか強く圧して欲しいところがございますか？」

「ああ、背中の真ん中へんが圧されると気持ちいい」

藤十は、足力杖にすがって体を浮かすと、言われた箇所に足底を移した。

藤十の両足の親指は太くて鉄鐺のように硬い。指の腹を背中の中ほどにある経孔に定め、ぐっと力を込めてひと圧しした。

「うぅーっ」

作兵衛の口から、声が漏れた。

「旦那様、お具合はいかがなものでしょう？」

「いや、なんとも痛気持ちがよい。うぅー、そこそこ……ああ、そのこりこりがたまらん」

これだから足踏み按摩はあとを引く。作兵衛は悦に入って、蒲団《ふとん》に顔を埋めた。

「旦那様。何かご心痛のことでもおありでは……？」

足の親指で患部を圧しながら、藤十が診《み》たてを口にした。

「えっ？」

作兵衛は虚を突かれたのか、訝《いぶか》しげな顔をして首を回した。

「い、いや。そんなことはないが……」

「そうですか、それならばよろしいのですが」

藤十の含むような語り口に、作兵衛は逆に問いかけた。

「どうして藤十さんはそんなことを？」

「はい。膈兪《かくゆ》とか腎兪《じんゆ》などという経孔を踏みますと、旦那様からお声が漏れてまいりました。この経孔を痛気持ちいいと感じるのは、何かご気鬱《きうつ》なことがあるときでありまして……。いや、もっとも商いをする上では、大なり小なり心配ごとがございましょうけど」

「ああ……いや、そんなことは……」

口ごもる声音《こわね》は、藤十の耳に届かないほど小さなものであった。

「この経孔には気を落ち着かせる効果がございます。とくに、不眠症の方はここを圧されるのがよろしいでしょう。もう少し踏みましょうか？」

「いや、もう……」

充分と口に出す代わりに、作兵衛は背中を動かした。それを汐《しお》に、藤十は作兵衛の背中から降りた。

「お疲れ様でございました。きょうのところはこのぐらいで……」

作兵衛が体を起こすと、藤十は背中に回り肩のあたりを五、六度揉《も》みほぐしながら、療治の終わりを告げた。

「あー、気持ちがいい。夏の暑さも吹き飛びますな。藤十さんのほうは大変でしょうが」

「いえ、そんなことは……。それでは、申しわけございませんが、お代は一両ということで」

藤十の療治代は、手間がかかろうが、かかるまいが一両と決めてある。べらぼうな値段であるが、客のついているところを見ると、けっこう満足されているのであろう。客にとっては「――体に資本をかけなければ」との言い分であろうが、一両という料金に臆面《おくめん》もなくそう言えるのは、多少商売に箔《はく》がついている大店《おおだな》の主か、要職についている武人に限られる。藤十の客は、そういう階層の人たちがほとんどであった。

「ああ、いつもすまないねえ」

作兵衛が手金庫の中から財布を取り出し、一両の金を支払った。

「毎度ありがとうございます」

作兵衛は、一両の金を二分金一枚と、一分金二枚で支払う。藤十は、普段一両の代金を小判ではなく、崩して貰うのが常であった。作兵衛もそれを心得ている。

「今後ともご贔屓《ひいき》くだ……」

藤十が、縞柄《しまがら》の財布に金をしまいながら、挨拶《あいさつ》を交わそうとした矢先であった。

「旦那様、よろしいでしょうか」

部屋の外から、番頭弥助《やすけ》の急《せ》く声が届いた。

「……入りなさい」

弥助は、藤十の存在に気がつくと一礼をして、作兵衛の耳元に口を近づけた。

「旦那様、ただ今……」

作兵衛も耳を弥助の口に寄せる。

「なんだって？　……そうか、早くお通ししなさい」

作兵衛が、藤十にうかがいをたてるような目を向けた。のっぴきならぬ用事ができたようだ。

弥助は藤十に目礼すると、早足で廊下を去っていった。

「藤十さん、申しわけない。客が来たようだ」

「はい、そのようでございますね。それではこれにて……」

深く一礼をして、部屋から出ていこうとする藤十の背中に、作兵衛の声がかかった。

「ちょっと待ってくれ、藤十さん……」

作兵衛が慌《あわ》てて藤十を引き止める。

「あすの朝四ツごろ来ていただけないだろうか。あんたを見込んで、ちょっと相談し
たいことがあるのだが」

「ええ、よろしいですが、何か……」

藤十が問いかけたところで、磨《みが》かれた廊下に足袋《たび》の擦《す》れる音がした。手代が客を連
れて、作兵衛の居間へとやってくる。

藤十は、あすになれば分かることだと胸にしまい、作兵衛の居間をあとにした。

廊下ですれ違う男の顔を一瞥《いちべつ》すると、藤十は小さく会釈《えしやく》をした。四十歳がらみの、
痩せぎすの男であった。手に菅笠《すげがさ》をもち、肩に振り分け荷物を担《かつ》いだ姿は、遠くから
来た旅人の風情《ふぜい》であった。

「ごめんやす……」

言葉を聞いて、藤十はふと男のうしろ姿に目をやった。

二

河内屋をあとにした藤十は、蔵前《くらまえ》通りに出ると南に足を向けた。足力杖を二本担いで、浅草御蔵《おくら》の前を通り過ぎる。幕府直轄の米蔵が大川に沿って、およそ七町にわたり建ち並ぶ。通りの向かい側は、札差《ふださし》などの金融商が軒を連ねている。

蔵前通りに夕暮れが迫り、人の動きが慌《あわただ》しい。

陽はすでに西に深く傾いている。商家の屋根に遮られ、蔵前通りのほとんどが日陰となっていた。辻の切れ目にだけ西日が差し込み、明るく照らされている。打ち水されたところの土が色濃く見え、そこだけはまだ夏の暑さに晒《さら》されていた。

蔵前通りを左に折れ、柳橋《やなぎばし》に向かう路地を一町ほど行った平右エ門《へいえもん》町に、お志摩《しま》という実の母親が住んでいる。

お志摩は、小唄長唄の師匠《ししよう》をしているが、ある男の手掛けとして囲われの身でもあった。

藤十は近くまで来たからと、お志摩のところに寄ることにした。

路地の道端に、高貴な身分の人が乗る黒塗りの忍び駕籠《かご》が停《と》めてある。黒羅紗《らしゃ》の屋根に、太い担ぎ棒が通してある。傍《かたわ》らには警護の侍が二人と、駕籠を担ぐ屈強そうな陸尺《ろくしゃく》が四人、いかにも手持ち無沙汰の様子で立っていた。藤十は侍たちを見知っていた。だが、相手は藤十のことを知らない。挨拶をすることなく、駕籠の前を通り過ぎた。

大川につきあたる手前を左に曲がり、黒塀に沿って二十間ほど歩いたところに、お志摩の家の玄関がある。

黒塀に囲まれ、見越しの松の枝がせり出す一軒家は、典型的な妾宅の趣《おもむき》であった。

黒塀の奥から三味線の調べに乗って、小唄が聞こえてきた。

ぬしと逢瀬《おうせ》を　渡ってみれば
ちぎれる雲の　合間から
月が顔出し　おもはゆそうに
今宵《こよい》わたしは　赤月夜……

お志摩は、旦那が来たときには、必ず自分で作った『赤月夜』を唄う。相手が好きな曲なのであろう。

玄関の三和土《たたき》には、滅多にお目にかかれぬ立派な草履《ぞうり》がそろえてあった。

お志摩の爪弾《つまび》きを邪魔してはなんだと思いながらも、藤十は玄関先から中に声を通した。

「おふくろ、いるかい？」

三味線の音が消えると、やがてお志摩が玄関先に姿を現した。

五十歳に近いお志摩は、花街で育ったせいか、容姿、立ち振る舞いが、同年代の女よりも五歳以上は若く見えた。その上での若づくりである。実の齢より十歳下に見られることもある。知らない人には『――年の離れた弟よ』などと言って、藤十を紹介するほどである。

お志摩は出稽古で、小唄長唄を教えている。日本橋あたりの商家の旦那衆を弟子にもつお志摩は、出稽古から帰ったばかりの姿で藤十を出迎えた。

お志摩の身なりは、青藤色の地に紅三本の三筋《みすじ》縞の単衣を、弁柄《べんがら》色の帯で留めた派手なものであった。小唄長唄の師匠をしているお志摩にとって、欠かすことのできない着飾りである。

「なんだい、おまえは。今お殿様が来ておられるんだよ、行儀よくしなけりゃだめじゃないかね」

藤十は、お志摩の小言を無視して上がり込み、奥の部屋へと向かった。

風が通るようにと襖《ふすま》は開け放しにしてある。六畳の部屋には、上衣、袴《はかま》を脱いで鼠色の襦袢《じゅばん》一枚となった、恰幅《かっぷく》のいい年寄りが茶を啜《すす》っている。片肌を脱いで、くつろいだ格好であった。

「おお、藤十か。久しぶりだのう……元気でおったか？」

藤十に声をかけたのは、上野安中《こうずけあんなか》三万石の藩主で、ときの老中板倉佐渡守勝清《いたくらさどのかみかつきよ》であった。宝永《ほうえい》三年の生まれというから、齢《よわい》六十七になる。側用人《そばようにん》を経て、明和《めいわ》六年に老中に登用された幕閣の一人であった。

三十半ばでお志摩を身請けしたときは、若年寄四人衆に与《くみ》されていた。以来、よほどお志摩を気に入っているのか、切れることのない縁で結ばれている。

勝清とお志摩の馴《な》れ初《そ》めがどのようなものであったかは、定かでない。たしかなのは、二人の間に男児が一人生まれたということだ。

落胤《らくいん》は、板倉藤十郎《とうじゅうろう》と名づけられた。お志摩の元で町人として育てられ、いつしか呼び名は藤十となって、今では本名を言う者は誰もいない。

「こんな格好ができるのはここだけだ。だらしがないのは許せよ」

勝清が、わが身に目をやりながら言った。

「親父様、お久しゅうございます」

さすがに、父親の貫禄《かんろく》の前では藤十も殊勝《しゅしょう》となる。かしこまって挨拶をした。

「それにしてもちょうどいいところに、藤十が来よった」

およそ、二年ぶりであろうか。久しぶりに会う我が子の顔を見て、勝清の口元がほころぶ。

やはり父子である。どことなく面影が重なるところがある。最も似ているところといえば、眉毛《まゆげ》の太いあたりであろうか。それと、幾分目尻が垂れているところに、二人ともやさしい面立ちがあった。

「親父様、この俺に何かご用でございましたか？」

「うん、きょうはおまえに用事があってまいったのだ」

「えっ？　俺にですか……」

「そうだ。おまえが来なければ用件だけお志摩に伝え、帰ろうと思っておったのだが……」

「はぁ……？」

藤十に用事があるというのは、滅多にないことである。藤十は怪訝《けげん》な目で、年老いた父親を見やった。

「昔おまえに遣わした、正宗《まさむね》の脇差《わきざし》をいっとき貸してもらいたいのだ。実は、上様が見たいとおっしゃってな……」

上様とは十代将軍徳川家治《いえはる》のことである。

「ここで、このように会えるとは思わなんだ。それにしてもよくぞまいった、奇遇だのう」

父親の『上様が見たいと……』という一言を聞いて、藤十は愕然とした。

「どうした藤十。どうかしたのか？」

藤十のただならぬ気配を見てとった勝清は、眉間《みけん》に縦皺《たてじわ》を寄せて訊いた。

「い、いいえ……」

藤十の言葉が濁り、細面《ほそおもて》の顔が青っぽく変わる。

鎌倉《かまくら》の時世より相模《さがみ》国鎌倉に、五郎入道《ごろうにゅうどう》正宗を祖とする刀鍛冶《かじ》の伝来があった。伝《つたえ》の銘を『正宗』と称した。その作風と希少性により、用途は実用よりもむしろ宝物的な価値をもち、好事家《こうずか》には羨望の的であった。脇差でも一振りの価値は、高価なものでは数千両にも及ぶといわれる。とても一介の武士がもてる代物《しろもの》ではない。大名、それもかなり上級格でなければ、目にすることさえかなわぬ業物《わざもの》とされていた。諸般大名が、家重代の刀剣として崇《あが》めるほどの、名立たる銘である。

勝清は、藤十に正宗の脇差一振りを、子の証《あかし》として渡してある。茎《なかご》に刻まれた銘は『相州五郎入道正宗八代孫綱廣《つなひろ》』と記されている。

藤十が正宗の脇差を授かったときは幼く、そんなにすごいものと理解するには難しかった。ただ一言「――大事にしろよ」と言った勝清の言葉だけが、脳裏の片隅に残っていた。

正宗の脇差は、藤十の元にあることはあるのだが――。

正直に打ち明けようとした。だが、思うように言葉が出ない。

「実は……いや、やめとこ……」

「なんだ、そこまで言っておいてやめるのは、男ではない。いったい何があったというのだ」

年老いたといえど、幕府の政治を司《つかさど》る幕閣の眼光は鋭い。同僚である、老中田沼《たぬま》意次《おきつぐ》などとやりあうほどの人物だ。

覚悟を決めた藤十は、恐る恐る老中の前に足力杖の片方を差し出した。

藤十がもつ足力杖の一方には、仕掛けが施されている。

「なんだ、これは？」

「はい、正宗でございます」

藤十の声はくぐもっていた。

「えっ、なんだって？　よく聞こえないな……」

勝清は耳に手をあてて訊き返す。

「はい、これが正宗です」

藤十は、意を決するように大きな声を出した。手打ちを覚悟すると、首のつけ根がひやりとした。

老中板倉佐渡守勝清が、目を見開いて一本の杖を凝視する。

「この杖が正宗とは、どういうことだ？」

二人のやり取りを、お志摩が固唾《かたず》を吞んで見やっている。手に団扇《うちわ》を握り、情夫の老体に風を送っていた。勝清の上気してくる熱を冷ますため、お志摩の扇ぐ手も速くなる。

藤十は足力杖を手に取ると、黙って仕込みの鯉口《こいぐち》を切った。一尺二寸の鞘《さや》を抜くと、刃渡り九寸二分の刀剣部分が姿を現す。名刀正宗の変わり果てた姿であった。

仕込みを作った刀鍛冶が、打ち直しにあたって「――本当にいいのだな」と、幾度も念を押していたのを思い出す。ある理由《わけ》でどうしても仕込みが作りたかったのだが、正宗がそれほどすごい刀とは思ってもいなかった。何やら刀匠が躊躇《ちゅうちょ》していたのはこのためだったのかと、今になって藤十は思った。

「こっ、これがそう？」

勝清は涙声を出して訊いた。

「はい、正宗です」

老体の肩が、見る間に落ちた。口も開いたままだ。その口から涎《よだれ》が一筋、顎《あご》を伝ってだらしなくこぼれた。勝清はそれに気がつき、襦袢の袖《そで》で口元をぬぐう。

「なんてことをしてくれたのだ……」

怒る気にもならないようだ。勝清の咎《とが》める声には力がなかった。その静けさに、むしろ藤十の気が塞ぐ。

藤十は首をすぼめながら、黙って老父を見つめる。

しばらくの沈黙ののち、勝清から出た言葉は意外なものであった。

「やってしまったものは仕方がない。一瞬おまえの首を刎《は》ねてやろうかと頭をよぎったが、人の命以上に大切なものはない。それにしてもまさか、将軍家治公にこれを見せるわけにはまいらんだろうなあ……」

さすがに時の老中である。気持ちの切り替えが早いと、藤十はほっと胸をなでおろす。そして、老父の思案する姿に向かって話しかけた。

「親父様。俺はこの仕込みを、正義のために使おうと作りました。ですが、まだ一度も人を斬ったことがありませんし、斬るために使おうとも思いません。ただ、この剣が備わっているだけで、不思議と気力が湧いてくるのです」

「正義のためとは、一体どういうことだ？」

勝清は、父親の目になって藤十に問い質《ただ》した。

「世の中には、人から深い怨みを買うほど悪事を重ねる輩《やから》がたくさんいます。そんな奴らを、絶対にのさばらせておいてはなりません」

藤十の口調が興奮気味となるのにもわけがあった。

「と申しますのも三年前……」

三年ほど前に、四年も連れ添ってきた藤十の女房お里《さと》が押し込み強盗事件に巻き込まれ、非業の死を遂げたことを勝清に語った。

「そうか、あのことをきっかけにしてか。お里さんは気の毒であったのう。それで、下手人はとっくに獄門になったはずだが」

「はい。ですが、あの悔《くや》しさは忘れようにも……」

事件から半年ほどで解決を見たが、そののちの藤十には憤《いきどお》りが残った。自分と同じ悲しい思いをする人たちが一人でも減るようにと、踏孔師の傍ら、友である町方同心と組んでの悪党退治が畢生《ひっせい》の仕事と、藤十は己《おのれ》の信条を定めていた。

足力杖を仕込み刀に作り変え、得物にしたのもそのためであった。

「そうすることにより、少しでも……」

「極悪人を減らしてやろうというのだな。よし、これからはできるだけわしがうしろ盾《だて》になってやろうではないか。何かあったなら、必ず相談に来なさい」

藤十の言葉を制して、勝清は親の心情を口にした。

「はい、ありがとうございます」

正宗を仕込みに変えた咎めもなく、ほっと安堵《あんど》した藤十の声音であった。

「……上様にはなんと言ってご納得していただこうか」

天井の長押《なげし》を見つめて、老中板倉佐渡守勝清の口から苦渋に満ちた呟きが漏れた。

「それにしても、がっかりだのう。……まあ、いつまで嘆いていても仕方があるまい。きょうはこれで帰るとする。お志摩、近いうちにまたまいるぞ」

気を落とした勝清は、身なりを整えるために立ち上がった。

お忍びでも、袴をつけた老中の姿は軽装とはいえない。藤十は、幕閣の苦労の一端を知る思いであった。

幾分肩を落として去っていく老中のうしろ姿を見やって、藤十の気持ちは、申しわけなさで、はち切れんばかりであった。

「どうしたんだい、藤十。もう、気にすることはないさ。殿様もああ言ってくれたことだし。それよりもおまえ、何か用事があって来たのではないのかい？」

「いや、近くに来たから寄っただけだ」

「そうかい。金が足りなくなったらいつでもおいでな」

「ああ、すまないが、今のところは間に合ってる」

それから一刻半ほどくつろいだ藤十が、お志摩の家を出たときには、すっかりと夜が更けていた。

八百八町が寝静まるころである。新月朔日《ついたち》の夜はことさら暗く、藤十はお志摩の家で手もち提灯《ちょうちん》を調達し、暗くなった足元を照らして、日本橋住吉《すみよし》町の宿へと足を向けた。

三

柳橋で神田《かんだ》川を渡り両国広小路《りょうごくひろこうじ》に出ると、江戸屈指といわれる繁華街の喧騒はすでに失せていた。それでもところどころに点《とも》る煮売り茶屋の灯《あか》りが藤十の嗜好《しこう》を誘う。

「……酒を呑んでいきたいが、きょうはまっすぐ帰るとするか」

両国広小路から柳原《やなぎわら》通りに向かい、藤十は浅草御門の手前を左に折れた。

手もち提灯の灯りだけが頼りの、暗い夜であった。

藤十が横山《よこやま》町二丁目に差しかかったところで、遠く呼び子の鳴る音が聞こえた。馬《ば》喰《くろ》町のほうから聞こえてくる。

それから一町も歩いただろうか。藤十の手もち提灯の灯りを目がけて、捕り方の御用提灯が五、六個近づいてきた。やがて、藤十の周りは昼間のように明るくなった。

捕り方の先頭に、丸に揚《あげ》羽蝶《はちょう》の紋付羽織を着た町方役人がいた。羽織は腰までしかなく、八丁《はっちょう》堀《ぼり》同心独特の装いである。名を碇谷《いかりや》喜三郎《きさぶろう》という。南町奉行所の定町廻り同心であった。身の丈六尺近くの大男である。右手に握りしめている朱房のついた十手が、小さく見えるほどだ。

　喜三郎は、藤十を見下ろすかたちで三日月のような長い顔を向けた。顎の先がしゃくれているので、話し方も居丈高《いたけだか》に見える。

「藤十ではないか……今ごろどうしたい、こんなところで？」

「おや、碇谷の旦那。浅草まで仕事に行った帰りなんだが……何かあったのかい？」

　口の利き方からして、かなり親しい間柄であることが分かる。

「おめえらは、広小路のほうを捜してこい」

　喜三郎は振り向いて、五人ほどいる捕り方に指図すると、あたりに急に暗さが戻った。横山町の辻で、二人きりとなった藤十と喜三郎の立ち話がつづく。

　喜三郎の長い顔が、藤十がもつ提灯の灯りの中にぼんやりと浮かぶ。目元を緩ませ、仲間内の口調で藤十に話しかけた。

「今しがた馬喰町の旅籠《はたご》で殺しがあった。匕首《あいくち》でぶすりと刺されていてな。殺されたのは旅人風の男で、金は盗られたのだろう、無一文だった。せめて、三途の川の渡し賃ぐれえは残しといてやりゃいいのになあ。殺《や》ったのは、二十を幾ばくか越えたあたりの若けえ野郎みてえだ。返り血も浴びてるはずだ。おめえ、そんなのに出くわさなかったかい？」

「いや……」

「そうか。もし出くわしたら知らせてくれ。ところで、さっきおめえのところに寄ったんだが……」

「何かあったのかい？」

藤十が友とする町方同心とは、目の前にいる碇谷喜三郎のことである。またも、凶悪事件が起きたかと、藤十の眉間《みけん》が寄った。

「ああ、ちょっとな。だがそれはあした話そう。今は急ぐのでな……」

「あしたは、約束があって昼ごろまでだめだ」

「だったら、九ツ半あたりに鹿《か》の屋《や》に来てくれねえか？」

ああ分かった、と言う藤十の返事を聞いた喜三郎は、捕り方を追いかけるように両国広小路のほうへと足を向けた。


藤十は役人たちと逆の方向に向かう。

川幅七間ほどの浜町《はまちょう》堀に差しかかった。堀に架かる橋は緑橋である。藤十は橋を渡らず、川沿いを南に向かった。川面《かわも》を伝う風が涼味をもたらす。堤《つつみ》に植わる柳の葉がさらさらと音をたて、涼しさも一入《ひとしお》であった。

住吉町に帰るには、五つ目の橋をそろそろ渡らなければならない。小川橋を渡り、まっすぐに三町も行くと藤十の宿である左兵衛《さへえ》長屋がある。

藤十が小川橋に差しかかったところであった。七間の川を渡す木橋は、太い丸太の橋脚で支えられている。

「……ん？」

橋の下に人の気配を感じて、藤十は立ち止まった。そっとあたりをうかがい、そして小さく声を発した。

「誰か橋の下にいるのか？」

欄干《らんかん》に体を預け、暗い川面を見つめる。傍目《はため》には、酔っぱらいが橋の上で涼んでいるように見える。

「……くうん」

すると藤十の耳に、小犬の鳴く声が届いた。川のせせらぎに、紛れてしまうほどの小さな声であった。

「……なんだ、野良犬かい」

軽く吹く風が、川水に冷やされ心地好く体をなでる。その気持ちのよさに、藤十はしばらく橋の上でたたずむことにした。

その後、犬の鳴き声はしない。橋の上では、堀のせせらぎだけが耳に届く。

「さて、そろそろ行くとするか。暗いけどしょうがねえ」

橋の上で、藤十が独り言を呟いたそのときであった。

「ふー」

犬の鳴き声とはあきらかに違う人の息遣いを耳にし、藤十は橋の下に向けて声を投げた。

「やはり誰かいるのか?」

「………」

返事はない。

だが藤十は、はっきりと男の荒い息遣いを感じていた。

藤十は、隠れている人間が、役人から追われている者だとの勘が働き、男の声がするほうに向けて話しかけた。橋の下に提灯を翳《かざ》すが、灯りが届かずその姿は見えぬ。

「もしや、おめえは……馬喰町で……?」

「………」

藤十は、見透かすようなもの言いで鎌をかけた。

「やはり、図星かい」

すると、橋桁《はしげた》の下からはっきりと声が聞こえてきた。観念したような、くぐもった声であった。

「いや、あっしが殺《や》ったんではねえ。ところで、あんたはなんでそれを知ってる？」

押し殺した声と、荒い息遣いが届く。

「さっき町方たちが大ぜいで捜していた。馬喰町で人殺しがあったってことで『おまえが下手人か？』って疑われてきたところだ」

藤十は、戯言《ざれごと》を交えて、橋の下にいる男の気を和《やわ》らげた。

「俺もおめえと同じように『殺ったのは俺じゃねえ』と抗《あらが》ったがな……」

「……………」

「もうすぐこの辺にも捕り方がやってくるぜ。そんなところに隠れてないで、いいから出てきな。……おっと、人が来た。声を出すんじゃないぜ」

藤十も慌てたのか、提灯の灯りを吹き消し、人が通り過ぎるのを待った。

淡い灯りを発して、提灯が近づいてくる。住吉町のほうから男と女の二人連れが、一張りの提灯で足元を照らして小川橋に差しかかった。

「やっぱり成田屋はいいなあ。男が見てもほれぼれするぜ」

「そおう？　あたしは菊五郎のほうが……」

「まあ、芝居の話はいいから早く帰《けえ》って……」

「うふふふ、あんたも……」

欄干に寄りかかる藤十に気を向けるでもなく、男女は早足となってうしろを通り過ぎた。

木橋を渡る足音が消えると、藤十が途絶えていた言葉をつなげた。

「だったら、こうしようじゃないか。おめえの着ているものが濡れていたら、出てこなくていい。俺はこのまま立ち去るとしよう。濡れてないなら、すぐに出てきな」

「なぜに？」

「役人が血を浴びてるかも知れねえって言ってた。濡れてりゃ、堀の水で血を洗ったからだろう。さあ、ぐずぐずしてたらまた人が来る。みっつ数えるうちに、肚《はら》を決めろ」

「…………」

「ひー、ふー……」

藤十がゆっくり数えだすと、男が動いたのだろう、木橋が小さく揺れた。

藤十の言葉を信じたのか、男は橋の上に立った。男の気配が、ぼんやりと闇の中に浮かぶ。

「助《す》けてくれると言うんで？」

藤十に、一間ほど近づいたところで、男は声を出した。

暗くて顔は判別できないが、声を聞くと若い。二十歳《はたち》をいくつか越えたところだろうか。喜三郎が言っていた言葉を思い出す。

「こんなところにいつまでもいたってしょうがないだろうが。よかったら一緒についてきな。……おや？　おめえ何か抱えていやがるな」

「へえ、怪我《けが》をしている小犬なんで。橋の下で倒れやして」

互いに不遇の身を慰《なぐさ》めあっていたと言う。そんな優しい心情に触れ、藤十はとりあえず男の言い分を信用することにした。

「それじゃ、そいつも一緒に……」

「匿《かくま》ってもらえるんですかい？」

「匿うもなにも、おめえは何もやっちゃいないんだろ？　だったら逃げ隠れすることはないいじゃねえか」

男は、前に立つ藤十を信用する以外に、とりあえずこの場を逃れる道はないと判断した。

「……いや、すまねえ」

男は、藤十にすがることに意を決した。

「暗いから気をつけろよ。……そうだ、これにつかまれ」

提灯の灯りは消えている。暗闇の中で藤十は、担いでいた足力杖の一本を、男の前に差し出した。

「なんですかい、これは？」

「俺の商売道具だ。あと、三町も歩けば俺んちだ。岡っ引に見つからないうちに急ごうぜ」

「せっかくですが、あっしは夜目が人一倍に利きますのでつかまるものはいりやせん。あとをついて行きやすんで……おっと、一間先に野良犬がいやすから、気をつけてくださいよ」

「……そうかい」

歩きはじめると、うしろで足を引きずる音がする。

「……ん、おめえ足を怪我してるのか？」

藤十が闇の中で振り向いて言った。

「へえ、逃げる途中でちょっと足をくじいちまいやした。なに、たいしたことありやせんから……」

「なんだい、両方して怪我をしてるのかい」

小川橋を渡り、一町ほど歩いたところでうしろについていた男の気配が突然消えた。「おやっ？」と思い、藤十が立ち止まろうとしたところで、急に目の前が明るくなった。

辻を曲がってきた二人の御用聞きと出くわした。岡っ引の傍らで弓張り型の御用提灯をもつ小者が藤十に灯りを近づけると、足力杖を担いだ派手な姿が闇の中に浮かんだ。

「おめえ、こんなとこで何してるんだい……おや、あんたは藤十さん？」

だみ声が聞こえたと同時に、御用提灯の灯りを反射してにぶく光る十手が藤十の目に入った。

喜三郎の手先である岡っ引と小者であった。「――どうもあいつらは頼りにならねえ」と、普段喜三郎がこぼしている。むろん二人は藤十も見知っている男たちであった。

「住吉町の宿《やさ》に戻るところだが……」

藤十は口をへの字に結んで、凄む目を御用聞きたちに向けた。そして「何かあったんでぇ？」と、いかつい声を出して訊いた。

「い、いや。若《わ》え男《け》と出くわさなかったかと思いやして。……それじゃごめんなすって」

岡っ引たちは藤十の返答も聞かずに、小川橋のほうへと去っていった。

防火用の天水桶の陰に隠れていた男が、再び藤十のうしろに立った。

「辻の向こう側がぼんやりと明るくなるのが見えやしたもので……」

普通の人間では気がつかない感覚のもち主であった。

四

住吉町の左兵衛長屋に藤十の宿はあった。六軒連なる棟割り長屋が、向かい合って二棟建つ。木戸をくぐり、裏路地の真ん中に掘られたどぶの、今にも割れそうなどぶ板を避けながら、四軒奥にある油障子の前に二人は立った。

「ここが俺んちだ。遠慮なんかいらないから入んな」

真っ暗な部屋には誰もいない。独り身の寂しさを感じる家であった。藤十は六畳一間しかない座敷に上がりこむと、さっそく行灯《あんどん》に光を点した。出会ってから小四半刻を経て、ようやく藤十は若い男と小犬の姿を認めることができた。

男は旅籠の浴衣《ゆかた》を着ている。行商人であろうか、髷《まげ》の形は商人風にこしらえてある。だが、元結の先からは乱れて、月代《さかやき》の上で広がっていた。そしてなによりも、裸足であるのがこの男の窮地を物語っている。

——このなりで、さっきの岡っ引と出くわしていたら……。

言い繕《つくろ》いは利かぬだろうと、藤十はこめかみから一筋の冷や汗を垂らした。

土間の三和土で、男がつっ立っている。彫りの深い目が異様ににぶい光を放ち、曰《いわ》く因縁のある暗い雰囲気をかもし出している。

喜三郎が言っていたように齢《とし》は二十四、五歳。色白でやせぎすの顔は、かなりの男前である。

「そんなとこにつっ立ってないで、いいから上がりな。犬は三和土においておけよ」

「……へい」

返事をしたものの、男は自分の足元を見ている。

柴犬のかかった雑種で、白に幾分栗毛の混じった小犬であった。うしろ足のつけ根に血が滲んでいる。患部を舌で舐《な》め、自ら治療を施していた。

藤十は、男に向けて手ぬぐいを放り投げた。

「この手ぬぐいをいただけますかい？」

「ああ、いいよ」

男は手ぬぐいを半分に裂くと、小犬の傷口に巻いてやった。

「ここでおとなしくしていな」

男が声をかけると、小犬は安心したのか「くうん」と一声発し、土間に寝そべり丸くなった。

そして男は、片方の切れはしで自分の足を拭く。

藤十は、男の仕草を黙って見ていた。
五、六歩も歩くと、裏に抜けてしまうほどの狭い間取りであった。
壁際には、小ぶりな簞笥《たんす》が一棹《さお》あった。

簞笥の上には小さな仏壇があり、黒檀《こくたん》で拵《こしら》えた位牌《いはい》が安置され、傍らには水の汲まれた茶碗と線香立て。そして、金糸《きんし》の座蒲団に載った鈴《りん》が供えてあった。

家財道具といえばそのくらいなものである。

男は足の汚れを落として上がり込むと、藤十の前に腰をおろした。

「兄貴……」

「えっ……？」

知り合ったばかりの男からいきなり兄貴と呼ばれ、藤十は一瞬うろたえた。

「いや、すいやせん。なんと呼んだらいいかと思って……」

「そうか、互いにまだ名のっていなかったからな。俺は藤十っていうんだ。踏孔師の藤十」

「とうこうし？　踏孔師ってのは……」

男は初めて耳にした稼業の名に、訝しげな顔を見せて訊いた。

「足で踏みつける按摩のことよ。けっこう効《き》くって評判だ。……そんなことはどうでもいいけど。足を怪我していると言ったな。どれ、見せてみろ」

「あっしは佐七《さしち》っていいやす。邯鄲《かんたん》師の佐七……」

男は痛む右足を投げ出しながら、自分の名を語った。

藤十も、聞きなれぬ稼業の名を耳にして、佐七の顔をまじまじと見た。

「かんたんし？　なんだそりゃ。また難しい言葉だな」

「へえ、平たく言えば枕探しってことです。師とつけば聞こえがいいですからね。もっとも、なんで邯鄲師って言うか分からねえですが……。そういえば藤十の兄貴も、踏孔師と師がつきやすねえ」

「枕探しだと……。それじゃおめえ、盗人《ぬすっと》か？」

藤十は、人差し指を鉤《かぎ》状に曲げて訊いた。

枕探しとは、旅籠などで寝ている客から金品を盗み取る、いわばこそ泥のことである。

「おめえ、金はもってるか？」

藤十は、喜三郎の言っていたことを思い出して訊いた。たしか、殺された男は金を取られて無一文だったと。

「いいえ。そりゃ、多少は……でもなんで？」

「いいから……。今ある金を全部見せてくれないか」

「へえ、これが全部です」

佐七は、浴衣の懐《ふところ》からいまにも破れそうな古い巾着《きんちゃく》を取り出すと、中身を畳の上にばら撒《ま》いた。文銭の中に、幾つかの小粒銀が交じる。

「これだけか？」

「へい、これが全財産で……。物騒なもんで、これだけは肌身離さずもち歩いてるんです」

佐七は、照れくさそうに一言添えた。

人を殺してまで盗んだのは、こんなものではないだろう。浴衣にも血はついていない。犬を助ける優しさといい、

――やはりこいつは、下手人じゃねえな。

佐七の無実を得心したものの、枕探しというのがいささか気になる。ただ、隠し立てすることなく盗人と打ち明けた佐七の様子を、藤十はもう少し探ることにした。

「もういいから、しまっちまいな。……どれ」

行灯を近づけ、佐七の足首あたりを診た。外くるぶしの下を圧すと、佐七の顔が苦痛で歪《ゆが》む。

「これは捻《ひね》っているな。放っておくと腫《は》れてしばらく歩けなくなる」

藤十は診たてを口にすると、しばらく患部を指で圧迫した。

「ちょっと痛いだろうけど我慢しろ」

藤十は、足力杖を一本手にすると立ち上がり、先端の鉄鐺を外くるぶし近くの丘《きゆう》墟《きよ》という経孔に直にあてた。脇あてをもって徐々に力を加える。激痛で、佐七の男前の顔が歪む。歯を噛みしめ、懸命に堪《こら》えているが声を出すことはなかった。

丘墟は捻挫《ねんざ》のほかに、坐骨神経痛や胆石《たんせき》症に効果があるといわれる。

「さあ、足の内側を見せな」

痛みを和らげるため、藤十は内くるぶしの下にある照海《しょうかい》という経孔に親指をあてた。

「この経孔はな、ご婦人がかかる月のものの不順にも効きめがあるんだ。足の痛みを和らげるところでもある」

指圧をしながら、藤十は効能を説いた。

「さっ、これでだいじょうぶだ……と、思う」

治療を施された佐七は、藤十の仕事の一端を垣間見ることができた。

足の痛みも遠のき、安心したのか佐七の腹の虫がぐーと鳴くのが聞こえた。

「おめえ、腹へってるんだろう？　冷や飯でよければあるぞ」

「ええ。ありがとうございやす」

「生憎《あいにく》、おかずは沢庵《たくあん》の香香《こうこ》しかねえが勘弁してくれ。俺は小食なんでな」

「そんだけあれば何よりのご馳走ですって」

「おめえ、食いもんには欲がなさそうだな」

藤十は、飯炊きぐらいは自分でする。昼に炊いておいた飯が残っていた。饐《す》えていないかと臭いを嗅いだが、だいじょうぶそうだ。冷や飯を茶碗に盛り、細かく刻んだ沢庵を用意すると、佐七はあっという間に一膳をたいらげた。

かけつけ二膳を腹に入れ、やっと人心地ついたのか佐七の口から「ふぁー」という安堵の息が漏れた。

「そうだ、あのちびころにもやらんといけねえな。飯だけで食うかな……？」

藤十は、三和土で寝そべる小犬にも飯を与えた。相当腹を空かしているのだろう。器ごと食うのではないかと思うほど、がつがつと食らう。

小犬は茶碗一杯ほどの量を食うと、満足気な表情を浮かべ、再び三和土に体を伏せた。

「よほど腹をへらしてたんだろうな、あっという間に食っちまった」

藤十は、顔に笑みを含ませながら元の位置に戻り胡坐《あぐら》をかいた。

佐七は、三和土のほうに顔を向けて語りはじめた。

「あの犬には、気持ちを励《はげ》まされやした……」

動けないでいると小犬がやってきて、怪我をしている足を舐めてくれたという。自分も、怪我をしているくせに。そして、互いに励まし合うように、橋の下でたたずんでいたのであった。

「そういえば、あの犬の声で俺は気づいたのだ」

「見つかったのが、藤十さんでよかったです。あの犬は分かって鳴いたのかもしれない……」

「連れてきてやって、よかったじゃないか」

「へい、ありがとうございやす」

藤十がうなずいて、話を引き戻す。

「それにしてもおめえ、なんでそんな簡単に、知り合って間もない俺に盗人であることを打ち明けたい？」

「そりゃ、そりゃなんていうか、あっしだって多少は人を見る目ぐらいありやす。助《す》けてくれた藤十の兄貴を男と見込んだからですよ」

「ええ、褒《ほ》めようだな」

藤十が照れくさそうに頭を掻いた。

「女が放っちゃおかねえような男前な面《つら》をして、枕探しなんてずいぶんとみみっちい生業《なりわい》だな。なんで、そんなつまらねえ邯鄲師なんぞやってるい？」

「へえ、すいやせん。どうしようもねえ親から、こんな育て方をされやした。そんなんで、何も職の腕をもたねえ自分には、それしか取柄がねえもんで」

「そんなことはないだろう。夜目が利くとか、怪我している犬を助けるぐらいやさしいくせして。それだけでも立派な取柄だぜ」

「そう言っていただけると、ありがてえ」

佐七の殊勝なもの言いに、更生させる道があるのではないかと、藤十は思った。

「親はどうしてんだい？」

「親ですか？　ふた親ともとっくにくたばっちまってもういやせん」

いやなものでも思い出すように、佐七は横を向いて言った。

「どうだい、これを機に悪さから足を洗っちゃ？」

藤十は、真っ当な道を行くように、佐七を説き伏せることにした。

「へえ、考えておきやす」

佐七がこくんと頭を一つさげた。

「今、きっぱりとこの場で盗人から縁を切っちまいな。暮らしぐらいはなんとかなる」

「へえ。……ですが、その前に殺しの下手人にされちまうんでは？」

「ああ、そいつがあったか……」

思えば厄介《やっかい》な話である。こんな男前では人相の手配は、またたく間に広がるだろう。特に細まった顎《あご》のところにある黒子《ほくろ》は、きわだって目立つ。

藤十はしばらく顎に手をあてて考えてから、おもむろに訊いた。

「おめえはどうして殺しの下手人なんかに間違えられたのだ？」

「へい、それにつきやしては聞いておくんなさい。実は……」

五

——二刻前。暮六ツの鐘が鳴り終わるころであった。

馬喰町の旅籠に宿をとった佐七は、宿泊客たちが寝静まるのを待つことにした。仕事がしやすくなるまで、あと二刻ほど待たなければならない。

佐七は、相部屋をとるのが常であった。安価であることと、相部屋をとる者に枕探しはいないだろうと、裏をかく含みもある。もの盗りの騒ぎが起きて、真っ先に疑われるのは個室の者たちである。

女中に案内され、部屋の障子を開けると先客がいた。商人風の男がすでに一人で酒を呑んでいる。膳の上には銚子《ちょうし》が三本と、皿に盛った惣菜が酒の肴《さかな》として載っているところを見ると、景気のよさそうな男であった。

佐七は愛想笑いを作って頭を下げたが、話しかけることはしなかった。

先に口を利いたのは相手の男であった。

「いや、お先にすんまへん。……あんさんも駆けつけ一献《いっこん》、どないでっか？」

と言って杯を差し出す。上方弁で、意外と気前がいい。呑む相手が欲しいようであった。佐七はできれば相手にしたくない。酒が呑めないことにして断りを入れた。

「生憎と下戸《げこ》でして……。それと、ちょっと疲れてやすので、すいやせん」

この宿には浴衣が備えられている。ずっと旅支度のままではいられないので、佐七は手甲脚絆《てっこうきゃはん》を取り、浴衣に着替えた。

佐七は男の晩酌の邪魔にならぬよう、部屋の隅《すみ》でしばし横になった。

四半刻ほどまどろんで、佐七が起き上がると、相部屋の男は酒を呑み終え、膳の脇で座蒲団を枕に寝転んでいる。

佐七は夜の務めを果たすため、宿の下調べをする必要があった。いざとなったときに逃げ出す経路と、あらかじめ目をつけておいた泊まり客の部屋をたしかめるためである。それともう一つ、盗んだ獲物を少しの間隠しておく場所を定めなければならない。

佐七は風呂に行く振りをして、肩に手ぬぐいをかけて廊下に出ると、前から目をつけておいた部屋の前で立ち止まった。

――この部屋の灯《ひ》が消えて、四半刻もしたら忍び込むことにしよう。けっこうな金が懐に入っているはずだ。膨らんでいたからな。うまくいったら今夜はこの一手間だけだ。

金をもっているかどうかの見極めは、ある程度勘の働きである。だが、その見当を佐七は外したことがない。それが佐七の腕といえば腕であった。

外で様子をうかがっていると、向かいの部屋から話し声が聞こえてきた。男の二人連れであるらしい。

「……あの二人組か」

佐七が仕事をする旅籠を定め、玄関の敷居を跨《また》いだときに先客が二人いて、草鞋《わらじ》を脱いでいた。どうも風体《ふうてい》のよくない男たちだったとの思いがよぎり、そんなことから佐七は、何気なくも男たちの話に耳を傾けた。

ここでも佐七は上方弁を聞くことになった。

「――がねちょうの……」

何やら密談めいた話し声が聞こえてくる。何の話だろうと、佐七がさらに近寄ったそのときであった。

「しー、外に誰かおまっせ」

おっといけねえ、と佐七は逃げるようにその場を立ち去った。

一度部屋に戻ると、相部屋の男はまだ寝ている。

「……そうだ、下調べがまだだった」

障子戸を閉めて、部屋を出る。

――万が一の場合は、ここから出てあの屋根を伝って……。

下調べをあらかた済ますと緊張感からか、佐七は急に尿意をもよおした。そして、厠《かわや》で用を足すと、一風呂浴びに行った。

佐七が部屋に戻ると、どういうわけか灯りが消えている。

佐七は、静かに障子戸を開けた。部屋の中に人の気配がしない。

「……どこかに行ったのかな？　それにしても、相部屋だってのに暗くしていくことはねえと思うがな」

ぶつくさと呟きながら、佐七は墨を撒《ま》いたように暗い部屋の中を、五、六歩足を進めながら、やけに重苦しい空気を肌に感じていた。

いやな予感があった。

うっすらと行灯が立っているのが見える。佐七は近づくと、行灯に火を点した。室内がぼんやりと明るくなる。

佐七がほっと落ち着いたところで、目はある一点に向いた。

――おやっ？

男が、膳に頭を載せてつっ伏している。佐七が部屋から出たときとは違う格好である。空になった銚子が三本、畳の上に転がっている。寝ているにしては異様な姿だ。

「どうしなすった、旦那さん？」

佐七は近づいて、男の肩をゆすった。男の体はなんの抵抗もなく、佐七の力に押されて横倒しになった。すると、腹の部分に匕首の柄が見えた。赤い液体が柄を伝って、座蒲団に染み広がっている。

赤い色彩が目に焼きついて、佐七は事態を知った。

「うわっ！」と上げた驚嘆の声が、自分の耳に聞こえぬほど動転していた。うろたえた佐七の頭には、すぐにその場を離れることだけがよぎった。

――調べられたら……。

稼業のもつ業《ごう》が、佐七を逃避へと向かわせた。

「……そこで、あっしは不覚にも泡を喰っちまいましてねえ。逃げ出そうとしたのがいけなかった」

「それでどうした？」

藤十は早く先を知りたくて、佐七をせっつく。

「障子を開けたところで、部屋に案内してくれた仲居と出くわしましてね。あっしが慌てているのを、不思議そうな目で見ていたのを思い出しやす。廊下に出てから、五、六歩進んだところでしたか、背中から悲鳴が聞こえてきやしてね。仲居の金切り声に動転し、思わず廊下の窓から飛び出してしまいやした。瓦《かわら》伝いにしばらく走ってから、裏の路地に飛び降りたんでありやす」

「それからすぐに追っ手が……そこで喜三郎の登場か」

とんだ縁になったものだと、藤十は苦笑いを浮かべた。佐七は、藤十の含み笑いを見て、訝しげな顔をして訊いた。

「何がおかしいんです？」

「いや、なんでもねえ……」

「それから半刻ほどうろうろしてやしたら、岡っ引とばったり出くわしまして。どうも、一度逃げると癖になるもんですねえ。そのときも慌ててしまい、三十六計を決め込み、駆け出しちまいやした。その途中で石にけつまずいて足を挫き……あとは、ごぞんじのとおりです。何もしちゃいないっていうのに、どうしてこんな目に……」

佐七が話し終えたとき、夜四ツを知らせる捨て鐘が聞こえてきた。小刻みに三つ鳴った鐘の音に反応してか、犬の遠吠えがウォーンと一啼き聞こえた。その声に藤十は、遠く聞こえた呼び子の音を思い出した。

「それじゃ、疑われるのも無理はないなあ。それにしても、外に出た合間に、相部屋の男が殺されたとは、よくよく運がないものだ」

藤十の話を、佐七はうな垂れて聞いていた。

「ところで、殺された男は上方弁だと言ってたな？」

藤十は、夕方河内屋の廊下ですれ違った男を思い出していた。

「ええ、左様で……」

「どのような男だった？　そう、齢のころとか……」

江戸でも上方弁はきょう日珍しくない。それでも、まさかと思って藤十は訊いてみた。

「そうですねえ、四十絡みの商人風で、頰が削《そ》げて痩せてましたが……」

「着物の柄なんか覚えちゃいないか？」

「浴衣だったもんで……」

「そうだったな」

目の前にいる佐七も、宿の浴衣姿である。

容姿は、藤十が河内屋で会った男と変わらない。河内屋は上方と取引きする商店である。はるばる上方から江戸に出てきた者となら、少なくとも半刻は話し込むであろう。もてなしもあるかもしれない。しかも、四十絡みの商人風で痩せた男など、掃いて捨てるほどいる。

関わりないだろうと、藤十の脳裏から河内屋でのことは消えた。

佐七の話の中に、もう一つ気になることがあった。やはり、上方弁である。

「別の部屋でも、上方弁を聞いたって言ってたな」

「ええ。『さよか……』などと言ってましたので、たぶん上方からの商人ではないかと……」

遠来の客が旅籠に泊まるのはあたりまえのことだ。それと、佐七がたまたま小耳にしたことである。藤十は、殺された男に話を戻した。

「殺された男は、誰かに追われて身に危険を感じていたとか、そんな気振りはなかったのか？」

「いえ、そんな感じでは。だとしたら、酒なんぞゆっくり呑んでなんかは……」

それもそうだと、藤十は相槌《あいづち》を打った。

「しかも、一杯どうだなんて人には勧めんでしょう。まあ、変な素振りはありやせんでした」

「なるほど……。ところで、おめえが部屋を空けていたのはどのぐらいだった？」

「四半刻ぐらいでしたか……」

「風呂ではほかに誰もいなかったのか？」

「ええ、そのときは生憎誰も……」

その間に、男が一人殺された。同室の佐七が疑われるのは、無理もない。しかも、仲居の顔を見た途端に逃げ出したとあっては――。

よほどの証《あかし》がない限り、潔白を明かすのは難しくなるだろう。

――さて、どうしたらいいものか。

藤十は思案の淵に沈んだ。藤十の考える姿を見て、佐七の不安はさらに募《つの》る。佐七にとって、今頼りになるのは目の前にいる男だけだ。佐七は、腕を組んで天井を見据える藤十を、神仏にでもすがる気持ちで見つめていた。

やがて、藤十の顔が佐七に向いた。

「どうだい佐七。こいつを定町廻り同心の旦那に預けてみては……」

藤十の頭の中には、南町定町廻り同心、碇谷喜三郎の顔が浮かんでいた。

盗人にとって定町廻り同心は、鬼ほどに怖い存在である。藤十の話を聞いて、佐七は震え上がった。

「しかし、このままでは一生追われてしまう。いやそれどころか、あっという間に捕まっちまうだろう。そうなったら稼業からしても申し開きどころではないだろうな。打ち首獄門は間違いないところだ」

佐七は打ち首という言葉に、ひんやりとした感覚をうなじあたりに感じ、思わず右手で首をさすった。

そのとき、「こんばんは」と、若い女の声がしたかと思うと、玄関の腰高障子が開いた。

若い女の可憐な声に惹《ひ》かれ佐七が横を向くと、齢のころ十八歳前後の娘が、半坪もない玄関の三和土に立って下を向いている。

「あれ、何この犬？」

訝しげな顔を上げて言った。

「ごめんなさい、お客さんだったの……」

娘の名前はお律《りつ》といった。向かいに住む娘である。娘島田を小ぶりに結って、小さめの顔に愛嬌《あいきょう》が宿り、黄八丈の小袖がよく似合っていた。

「いや、いいんだ。それよりなんの用だい。こんな夜更けに……」

「あたし、藤十兄さんが帰ってくるのを、ずっと待っていたのよ」

お律は、ときたま外に出ては、灯りが点くのをうかがっていたと言う。それなのに、藤十のつっけんどんな言い方に、お律は膨れっ面になった。

「そうかい、そいつはすまなかった。それで、用ってのは？」

「それがね、二刻ほど前、喜三郎のおじさんが来て、『藤十が留守のようだから、帰ったらあした話があると伝えてくれ』って伝言があったの。何か慌てた様子だったので、帰ったらすぐに知らせようと。ちょっと寝ちゃったけれど、目が覚めたら灯りがついていたので……」

お律の瞼は、少し腫れぼったかった。

「そうだったのかい。さっき旦那と道端で出くわしたら、同じことを言っていた」

「なーんだ、そうだったの」

お律は恨《うら》めしげな顔を浮かべた。藤十は、お律の落胆した姿を目にすると、懐に手を差し入れた。

「ごめんよ。お律ちゃんには、本当に悪いことをしたなあ。そうだ、ちょっと待ってな……」

懐から財布を出すと一分金を一枚取り出し、お律の手のひらに押しつけた。一分金四枚で一両である。駄賃にしてはかなりの高額だ。

「これで勘弁しておくれな」

「こっ、こんなに……いらないわ。いつもお駄賃もらっているから」

「これは特別手当だ。いいから、お父っつぁんとうまいものでも食いな」

思わぬ大金を手にし、お律はあっという間にいつもの笑顔に戻った。そして、その小ぶりの顔を佐七に向けた。

「ああ、こいつか？　こいつは佐七といって俺の友だちだ」

佐七は顔をお律に向けて、小さく首を縦に振った。

「……よろしく」

声が小さくて、お律の耳には届かなかったが、口の動きから言葉をとらえた。

「こんばんは……」

お律が、佐七に答えるように小さく頭を下げた。

「この娘《こ》はお律ちゃん。向かいに住んでいる娘さんだ」

「……はじめまして」

藤十の紹介に促《うなが》され、お律は初対面の挨拶をした。

佐七の面相を見て、お律の顔が若干赤味を帯びている。

「……さっそくかい」

お律の顔色の変化を察し、藤十が呟いた。

「なんのこと……さっそくって?」

「いや、なんでもない」

と言いながら、藤十がぶるぶると盛んに手を振った。

ただ、佐七の様子に、何かわけありを感じる。その気持ちが、お律の顔にあらわれていた。藤十は、お律に浮かんだ訝しげな表情に気がつくと、すかさず言った。

「佐七は、わけあって何日かここにいるから、仲良くしてやってくれ」

お律に笑顔が戻った。笑うと左の頰に笑窪《えくぼ》が浮かぶ。お律の笑顔を目にして安心したのか、佐七もようやく笑顔となった。

六

翌朝五ツ半。夜遅くまで話し込んでいたので、佐七はまだ寝ている。連れてきた小犬も、おとなしく三和土で横たわっていた。「――俺は朝早くに出かけるから、絶対外に出るな」と、佐七には言い含めてある。

朝めしの面倒をお律に頼んでから、藤十は浅草三間町の河内屋に向かうため、住吉町の左兵衛長屋をあとにした。

浅草まではおよそ一里。作兵衛との約束である四ツちょうどに、藤十は河内屋に着いた。

「ごめんください」

と、足力杖を肩に担ぎ、藤十はいつものように店先で声を投げた。菜種《なたね》油の香りが漂う店頭であった。

「いらっしゃいませ。おや、藤十さん……」

きのうも来ていた藤十を見て、番頭の弥助の頭が少しかしいだ。

「おはようございます。旦那様に呼ばれてまして……」

「左様でございますか。ですが、ただ今旦那様は来客中でして……。これお春《はる》、すすぎを用意して藤十さんを別の部屋にお通ししなさい」

弥助は、店先にいた女中のお春を呼んで指図した。

廊下を歩いていると、藤十はきのうとは逆の光景に出くわした。

「……ということで、よろしくお願いいたします」

と声が聞こえ、五十歳を過ぎたであろう小太りの男が、作兵衛の居間から出てきた。二毛となった白髪交じりのうしろ髪をゆるくたわませた髷は、あきらかに商人である。

廊下ですれ違ったさい、藤十は軽く目礼をしたが、男は藤十を一瞥することもなく通り過ぎていった。

「すまなかった藤十さん。約束してたのに、客が来てましして……お待たせしましたかな?」

作兵衛の声音は、きのうよりも明るくなっている。

「いえ、ちょうど今着いたばかりです。ところで……」

挨拶もそこそこ、藤十が用件を訊き出した。

「そう、その相談というのは、実は駒形《こまがた》町の……」

そこにお春が茶を運んできて作兵衛の話が途切れた。相当のどが渇いていたのだろう、作兵衛は湯飲みを口にあてると一気に茶を飲み干した。

「それで、実は駒形町にいる……」

お春が部屋から去り、藤十に相談をもちかけようとしたところにまたも廊下から声がかかった。

「旦那様……」

「どうした?」

「細工所方の玉田《たまだ》様が、至急お会いしたいとお見えになっておりますが……」

「何、玉田様だって？　藤十さん、すまないが大事なお方が見えたようだ。せっかく早くおいでいただいたのに、少し待っていただけますかな？」

人を呼んでおいて、あと回しにされるほど腹立たしいことはない。

「いや、この先呼ばれているところがございまして。でしたら二、三日してからまたまいりましょう」

一刻ほどのちに喜三郎と会う予定はあるが、その間のときを潰す術《すべ》がなかった。だから待つことはやぶさかでなかったものの、藤十はいっときの感情で口に出した。言ってしまってから、大人気ないとの思いもよぎる。

「ならば三日後の今ごろということでお願いできますか。そうしましたら、そのときにまた一つ踏孔のほうを……」

作兵衛の気遣いに、藤十の気分は幾分治まりを見せた。そこまで言われて、いつまでも引きずるほど聞き分けは悪くない。

「分かりました。それではということで……」

藤十の挨拶も済まぬうちに、廊下を伝って大きな足音が聞こえてきた。廊下ですれ違ったのは、腰に二本差した三十歳半ばの侍であった。この男も藤十には一瞥もくれない。

それから一刻後、藤十と喜三郎は小舟町の煮売り茶屋『鹿《か》の屋』の二階座敷で、座卓を挟んで向かい合っていた。卓の上には、刺身の造りと銚子が二本載っている。魚河岸が近いため、活《い》きのいい魚がここでは食える。

二人が鹿の屋の二階を利用するときは、大抵が密談をする場合であった。女将《おかみ》のお京《きょう》も心得ており、けして近くにほかの客を案内しようとしない。

藤十の膝元には、足力杖が二本寝かせて置いてある。格好はいつもの目立つ仕事着で身をくるんでいる。

黄色の濃い櫨染《はじぞめ》の着物は人目をひきつける。藤十がなぜそんな格好をしているのか、喜三郎は得心できずにいたが、今まで問いたてることもなかった。

「相変わらず派手ななりだな」

喜三郎は卓に肘をつき、猪口《ちょこ》を片手にもって苦笑いした。

蠅が一匹刺身の上にたかろうとしている。喜三郎が片方の手で、蠅を追い払いながら言った。

「うるせえ蠅だなあ。おめえの仕込みでたたっ斬っちまえ」

「おまえの居合のほうが、蠅を斬るのには向いてるだろ」

「ああ、虫けらを殺すにはな。……何を言わせやがる。一竿子《いっかんし》はそんなものを斬るために差しているんじゃねえ」

蝿も元気に飛び回る、そんな季節であった。

「それにしても、暑いなあ……」

喜三郎が手ぬぐいで、額の汗を拭きながら言った。

「世間話はそのぐらいでいいから、さっそく本題に入ろうじゃないか。いかりやの話ってのはなんだい？」

二人は『いかりや』『藤十』と呼びあう。

「ゆっくりやろうじゃないか。まあ、一杯どうだい……」

忙しいはずなのに、やけに腰が落ち着いている。こんなときの喜三郎は、難題をもちかけることが多い。

七

踏孔師藤十は、霊岸島《れいがんじま》にある『山東庵《さんとう》』の元で内弟子となって、踏孔療治の修業を積んだ。師匠は山東北源斎《ほくげんさい》といって、藤十の父である板倉勝清かかりつけの療治師であった。

藤十が踏孔師の道に入ったのも、多分に勝清の影響があった。

藤十がまだ幼いころ、お志摩の宅に勝清が訪れたときのことである。寝そべる父の上に藤十が乗って足踏みをした。

「――おうおう、藤十の足踏み按摩は気持ちがいいのう」

当時は幕府の若年寄であった勝清の褒め言葉が、藤十の進む道を決めた。

たまにしか来ない父親の背中を踏むたびに、この上もなく機嫌がいい。

ときが経ち、藤十の体重が増えてくるにつけ、さらに父の口から絶賛の声が漏れるようになった。

「――本当によく効きおる。藤十の足踏みは……生きた心地がする。はぁー」

藤十は、父親が漏らす感嘆の声を聞くのがたまらなく嬉しかった。

勝清は、殺伐とした幕政の中、心のよりどころとして藤十を無上にいとおしんだ。

藤十に正宗の脇差を密かに与えたのもうなずける。

「――武士になるだけが生きる道ではない。おまえだけには好きな道を歩ませたいのだ」

そのとき、勝清から踏孔師北源斎のことを聞いた。踏孔療治に関しては第一人者で、学の造詣《ぞうけい》も深いことから、勝清は門弟になることを勧めた。

「人の役に立つ、いい仕事であるぞ」

数え十歳で、藤十はこれが天職と北源斎の門を叩いて内弟子となった。

十二歳のときには、人体にある経孔《つぼ》の名称をすべて覚え、その療治効果をすでに会得していた。

藤十は、北源斎の元で療治に必要な知識をすべて身につけ、二十年後には踏孔師の第一人者として、今に至る。

板倉勝清は、藤十にもう一つの天性を与えた。それは、江戸開幕当初、京都所司代にあった板倉勝重《かつしげ》を初代宗家とする、武士《もののふ》の血を植えつけたことにある。

踏孔療治は意外と重労働である。藤十は体の鍛錬のため、剣術の稽古を選んだ。

元々は、やっとうが強くなろうとして入った道ではない。

山東庵に住み込む藤十は、同じく霊岸島にある『創真新鋭流《そうしんしんえい》』の道場に通った。八丁堀組屋敷に近く、ここで碇谷喜三郎と知り合った。

同じ齢でもあることから、喜三郎とはなぜか気があった。十六歳のときに道場で知り合ってから、かれこれ十四、五年のつき合いである。

藤十が入門したころ、すでに喜三郎の腕はかなりのものとなっていた。

剣術の稽古のあとに、藤十は踏孔療治で喜三郎の疲れを癒してやる。お返しにと、喜三郎は藤十の稽古台となってやった。おかげで、腕もめきめきと上達した。

喜三郎とは、異なる理由で剣の修業に足を踏み入れたのだが、次第に藤十も剣術の魅力に惹かれていく。創真新鋭流は一刀流の流派であったが、藤十はやがて、足力杖を得物に見立て、棒術の稽古に励《はげ》むようになった。

すべては自己流であったが、藤十は棒術に、刀剣にはない魅力を感じていた。藤十は足力杖を使った流儀に『松葉八双流《まつばはっそう》』と独自に名前をつけ、流派宗家を名乗った。素早い棒先の回転から繰り出す突きを極意とする。

喜三郎も藤十の腕前を認めている。

――こいつとは真剣でやり合いたくねえ。

喜三郎は創真新鋭流の免許皆伝の遣い手である。その男に言わしめるほど、藤十の腕はどんどんと上達していった。多分に板倉家の血筋もあろうか。

一方の喜三郎は五年前、父親の死去により町方同心の家督を相続した。三十俵二人扶持《ぶち》の八丁堀組屋敷には、八年前に娶《めと》った三歳上の妻がいる。名を登勢《とせ》といった。若くして一緒になった。子供がいない代わりに、二十五歳になる実の妹伊予《いよ》が同居している。一度嫁に行った妹だが気が強く、相手と性格が合わないといって離縁してきた出戻りだ。ほかに行くあてもなく、兄の喜三郎のところで居候《いそうろう》をしている。夫婦二人と小姑一人の暮らしは、かれこれ一年になる。

髷が短めの小銀杏《こいちょう》が、喜三郎の大柄の体によく似合っていた。与力、同心が好んで結う髪型だ。八丁堀風ともいわれている。着流しを留める角帯には一竿子の大小が差してある。一竿子は摂津《せっつ》の刀工忠綱《ただつな》が鍛えた業物である。刀身にある剣巻龍の彫り物が喜三郎の自慢であった。そして、内懐には朱の房がついた九寸の十手を隠しもつ。

冷酒を茶碗酒で呷《あお》りながら、藤十はふと遠くを見つめるような眼差しとなった。喜三郎が話をもちかけるとき、ときどき藤十はこんな寂しげな表情をすることがある。

喜三郎にはそれが何か分かっていた。

「まだあのときのことを思い出すのか？」

「ああ。忘れようとしても、どうしても思い出してしまう」

「俺が藤十を頼ろうとすると、どうしても頭に浮かんできてしまうのだろうな。すまねえと思っている」

言って喜三郎は頭を下げた。

「いや、いいんだ。あんときの下手人も捕まって咎《とが》めも受けたことだし……」

首を横に振りながら、藤十はうつむき加減で答えた。

忘れようとしても、おそらく一生藤十の脳裏に焼きつく事件であった。

事件とは、死んだ藤十の女房のお里と関わりがあった。

そのときお里は、もう一つの魂を腹に宿していた。授かった子は、あと数日もしたらこの世に生まれてくるはずであった。

出産準備で、伊勢《いせ》町の実家に戻っていたのがあだとなった。魚河岸近くで海産物問屋を商う店であったが、三年前のある夜、夜盗の押し込みに遭《あ》い、一家が皆殺しとなった。そのときお里は事件に巻き込まれ、はかなくも二つの命を落とすことになった。

黄色の濃い櫨染《はじぞめ》は、お里の好む色であった。藤十が、仕事着を黄色で仕立てたのはその思いを引きずっているからであろう。

半年ほどして下手人は挙がり、とうに打ち首獄門の咎めを受けている。

――俺みたいな思いは誰にもさせたくない。

藤十を悪党退治に駆り立てるのも、そして派手な着姿も、相当なわけがあった。足力杖を正宗の仕込みに作り変えたのも、それゆえのことである。

その後、藤十の憤《いきどお》りは極悪非道の悪党に向いた。

喜三郎は、一連の出来事をよく知る男であった。

「――ならば俺と一緒にやろうじゃねえか。その悪党狩りってのを」

事件から一年ほどが経って、喜三郎が言った言葉である。

以降、二人の結束はさらに強固となった。藤十は悪党を退治することにより、意趣を返したような心持ちとなり、そして喜三郎は、藤十の力を町方同心の職務に活かすことができた。

しかし、これまで幾つかの事件に関わったものの、藤十の気がまぎれることはなかった。

そして今、新たな悪党狩りが喜三郎によってもたらされようとしている。

「藤十にはもってこいの話かもしれねえ」

喜三郎の話は、ようやく本題に入っていった。

「また藤十に助《す》けてもらいてえことができた」

「なんだい、また難しい話じゃないだろうな？」

「難しい話だからおめえに頼みてえんだ。実はな……」

喜三郎は小声になると、卓に両肘を置いて身を乗り出した。藤十もならって身を乗り出す。二つの顔が八寸ほどに近づき、頭がつき合うかたちとなった。

「最近上方のほうから、夜盗の親玉が一党を引き連れて江戸に流れてきたという情報《しらせ》が入った。なんでも、狙《ねら》った家の者を皆殺しにするようなひでえ奴らだそうだ……」

「くそったれが、一番許せねえな」

藤十が、唇を嚙んで口を挟んだ。

「いいから、黙って話を聞け。そいつらの魂胆は、上方のほうがやばくなったので、江戸でひと仕事をしようってことらしい。だがな、困ったことにこっちのほうでは頭目の面相を知るものは誰もいねえ。だから、捕まえようにも手立てがねえ。それに、江戸に入ってきても、まだそれらしいことは何もしちゃいねえし……。もっとも、押し込みをされたあとじゃあ、大変なことになるだろうがな」

「そいつらは、何人ぐらいの徒党なんだい？」

「上方からは四、五人の手下が来たらしい。そいつらが、ばらばらになって江戸にいるということだ。そんなんで、俺たちゃどっから手をつけていいか分からねえ。分かっているのは、頭目をはじめ、奴らはみんな上方生まれだということだ」

「するてえと、そいつらはみな上方弁か？」

「ああ、そうだ。それと、今まで奴らが押し入った先は、とても大店《おおだな》とはいえねえ、店の規模としては中ぐらいの商家を狙いとすることだ。どこから聞き出すのか、必ず大商いをしたばかりの店を調べ上げ、入金後すぐに襲う。大抵が、千両から二千両ぐらいの被害額らしい。逃げる際《きわ》には必ず、店にいたもの全員を殺すという。残忍さが奴らの仕事のきわだちだ。そんなんで、何とかして被害となる商家が出る前に、奴らをとっ捕まえてやりてえ。そこで、おめえの出番じゃねえかと……。火盗改《かとうあらため》に先を越されたくもねえんでな」

喜三郎の話を一通り聞いて、藤十は腕を組んだ。

「上方弁だけでは、雲をつかむような話だなあ……」

藤十の言葉に、喜三郎は座卓の上で手を組み、思案に暮れた。目は飛んでいる蠅を追っている。

「……絶対にとっ捕まえてやる」

喜三郎の口から、呟きが漏れた。とはいっても手をこまねいているだけではいけない。藤十が一つ案を捻った。

「最近になって大商いをしたところをつきとめていけば、何かは分かるだろう。おそらく、それを嗅ぎつけて江戸くんだりまで来たのだろうよ。俺が、そこがどこなのかあたってみよう。だが、期待はすんなよ」

藤十の主な客層は、商家の大旦那である。とくに日本橋あたりには客も多く顔が広い。きっかけがつかめない話なので、とりあえず日本橋界隈からあたることを思いついた。

「それと、奴らだって泊まるところはあるはずだ。そこらあたりを頼りに、宿を片っ端からあたってみよう。もちろん、盗賊を探しているということは内密にしてな」

「宿といったって、江戸に何軒あるか知ってるか？　それを俺たちだけで……」

「いや、俺たちだけじゃ無理だ」

「どうせ奴らは、どこかの盗人宿にいるんだろうが……」

「あっ、そうだ！」

喜三郎の言葉を制して、藤十がさも思いついたように声を発した。

「どうしたい？　何かいい考えでも浮かんだか」

「いや、これに関しちゃ、こっちのほうがいかりやに頼むことになる」

「なんだい、思わせぶりな言い方だな」

藤十は、佐七のことをどのように切り出していいか考えた。だが、どう話せばいいのか分からず、いったん話の矛先を変えた。

むろん一人や二人で探せるものではない。藤十は、佐七の身の置きどころを納得させるための方便で口にしたことである。それ以外に、喜三郎を説き伏せる手段は思いつかなかった。

「ところで、きのうの殺しの一件はどうしたい？」

佐七の話を切り出す前に、捜査の動向を探った。

「ああ、あれかい。あれは岡っ引に任してある。まだ、下手人は捕まっちゃいねえ。

……そうだ」

喜三郎は懐から四つに畳んだ紙を取り出すと、藤十の目の前で広げた。

「これが、きのうの下手人の手配書だ。こいつを見かけたら、番屋にでも知らせてやってくれ」

手配書には、人相書きが描かれていた。即興で描いたのか、へたではあったが知り合いが見れば、一目で佐七と判断がつく。藤十の顔が、苦虫を嚙み潰したような渋面となった。なんとかせねばならない。ここで頼るのはやはり喜三郎をおいてほかにはいないと藤十は思っている。

「そこでだ、いかりや……ことは相談なんだが……」

「なんだ、あらたまって。おめえらしくねえ、やけにくぐもった言い方だな」

藤十は刺身をつまんで、酒を一口流し込む。

「隠れ宿を探すのにうってつけの奴がいるぜ。どうだ、そいつを仲間に入れてみちゃあ……」

藤十は、遠まわしに探りを入れた。

「だれでい、俺の知ってるやつか?」

「知ってるといえば知ってる。知らないといえば知らない」

藤十は、卓の上に置かれた手配書に目をやりながら言った。

「なんだい。もったいぶる野郎だな」

藤十は、昨夜からの佐七との一件を打ち明けた。

「……ということだ。着物には血が一滴もついてなかったしな」

佐七の無実を主張するも、喜三郎の顔は驚きを通り越し、苦渋で歪んでいた。

「だけど、そりゃ難しい話だな。おめえの思うとおり佐七てのが下手人じゃねえとしても、手配が回っちまってるからなあ」

「そこをいかりやの力でなんとかならないかと……」

「奉行所の手配は、おいそれと覆《くつがえ》せねえからな。ほんとの下手人が捕まりでもしねえ限り……。よしんば、俺が出張《でば》っていったところで、かえってその、佐七という奴の立場を悪くさせちまうんじゃねえかな」

「頼りねえ野郎だなあ。そんなんじゃあ俺も、さっきの話には乗れねえな」

藤十の返しに、喜三郎の長い顔がさらに歪んだ。

「そう言うなってよ。おめえだって、そんな悪党は許せねえだろうに……」

同心の身であっても、どうにもならないことはある。佐七が疑われている以上、身の潔白を明かすのにも、一応の手つづきがいる。申し開きをした上で、吟味与力の判断として上告されるか否《いな》かが決まる。そのためにはやはり佐七を差し出さなければならない。どんなに藤十の頼みであっても難しいだろうと、喜三郎の思いが至った。

考えに耽《ふけ》る喜三郎に、藤十はさらに言葉を加えて説き伏せた。

「俺は、佐七は下手人じゃないと踏んでいる。そこにもってきてこの話だ。逆に、役に立つ野郎じゃないかと思いついたんだがな」

「それで……？」

「佐七は邯鄲師ってことだ。それって分かるか？」

「なんだと、枕探しだってか？」

盗人と聞いて、喜三郎の目が光る。

「だが、人殺しではない」

「……そりゃそうだが」

手柄か、友の誼《よしみ》か。迷う喜三郎の呟きであった。

「どうだい、枕探しだったら宿のことは一丁前に詳しいだろう。探りを入れさせるにはもってこいだぜ。……なんといっても人一倍、夜目が利く」

藤十が、さらに一押しする。

「……そんでも、本当の下手人を探し出さねえとなあ」

「潔白を明かしているひまなんてないんだろう？　だったらどうだい、こうしちゃ」

「何かいい考《かんげ》えでも……？」

「それがいいかどうかは、いかりや、あんた次第だ」

「……俺しでえ？」

どうも藤十の言っていることは分かりにくい。喜三郎が小首をかしげて呟いた。捻る頭の周りに、蠅がまとわりつく。

「ええい、ほんとにうるせえ蠅だな」

藤十のもって回った言い方と、蠅のうるささが喜三郎の頭の中に同居して、いらつく思いが募った。

藤十は、そんな喜三郎を見やりながら、案を打ち出した。

「どうだい、佐七をあんたの密偵ということで置いてみちゃ。密偵というからには、普段表には出さないやつだ。岡っ引や下っ引とは違って隠れて仕事をする。佐七をずっと以前から、使っていたということを与力の梶原《かじわら》様に話をしてみちゃ。ちょうど、今の話に出た盗賊を探らせていたときに、この事件と出くわした。ということで……」

「だけど、その佐七ってのはこそ泥だろう?」

「ああ、そうだ。やることは小さいけど毒は毒だ。俺は、大毒を制するにはこいつがむしろ都合がいいと踏んだ。それに、心底までは腐っちゃいねえ」

「なるほどなあ。だけど、俺はまだその佐七という奴に会っちゃいねえ。どんな奴だか顔も見ねえで、判断できねえ。梶原様に話すとしても、その前に……」

会ってみようと喜三郎は、それほどまでに諭《さと》す藤十の話にひとまずは乗ってみることにした。

ならば早速ということになって、二人は鹿の屋の階段を下りた。

「もうお帰りですか?」

二人に声をかけたのは鹿の屋の女将お京であった。お京は鹿の屋を女手一つで切り盛りしている。厨房《ちゆうぼう》に板前を二人雇い、ほかに仲居が三人いる。

どうやら喜三郎とお京は、曰くある仲のようだ。むろん、妻の登勢には内緒である。

八

住吉町の藤十の宿で、佐七が八丁堀同心の喜三郎を前にして怯《おび》えている。どうしてこんな奴を連れてきたという目で、藤十を見やっていた。

「この男が、きのう話した八丁堀同心の旦那だ。碇谷喜三郎といって、俺とは古馴染で仲間だ」

佐七が安心するよう、藤十は喜三郎との仲を、力を込めて説いた。

「だがな、いかりやはおめえのことを追っている。かと言って、今ここでしょっ引きはしねえから、とりあえずは安心しろ」

佐七をしょっ引けば、相当な手柄になるだろうなあと喜三郎は思っていた。だが、それ以上に失うものは大きい。

喜三郎から出た言葉は、つっけんどんなものであった。

「話だけは聞いてやる。だがな、中身いかんによっちゃ藤十の言うことは聞けねえからな」

「もう少し穏やかに話をしろい。それじゃ怖がって言いたいことも言えないだろうが。いいから佐七、気にしねえでおめえの口からはっきりと、きのう宿であったことをもう一度話してみろ」

「へい、分かりやした」

佐七は、昨夜藤十に聞かせたことを、一部始終漏らさずに語った。

「なるほどな。部屋に空の荷行李《ごうり》や、汚ねえ旅装束が残っていたが、おめえのもんだったか……」

喜三郎の口から何が出るのかと、佐七がびくびくして聞いている。

「へい、申しわけありやせん」

「そんな男前な面しやがって、枕探しなんてみみっちい生業だな」

藤十と同じことを言われ、佐七はさらに頭を垂れた。

「あらまし話は分かった。だが、やっぱり俺はおめえをしょっ引かなくちゃいけねえな」

これには、藤十の顔が歪み、佐七は震え上がった。

「今の話を聞いただけじゃ、殺してねえっていう証《あかし》がねえ」

「だけど、返り血を浴びてねえぜ」

藤十の抗いに、喜三郎のしゃくれた顎が向いた。

「そんなのはどうにでもなる。裸になって殺ってから、そのあとで着物を着るってこともできらあ。そのあと風呂に行ったんだろ。藤十、これはおめえが騙《だま》されているかも知れねえぜ」

「そんなことあるかい。やい喜三郎、てめえって野郎は俺んことを信用できねえってのか！」

向こう三軒に筒抜けになるような、滅多に聞けない藤十の怒声であった。声に驚き、三和土に寝ていた小犬が頭を起こした。

「でけえ声を出すんじゃねえ。隣の婆さんから文句が来るぞ。……頭を冷やせ藤十。こいつだって生きるか死ぬかの瀬戸際なんだぜ。俺が今、言い分を聞いたところでどうってことはねえや。どうしても、死にたくねえんなら、頭をかち割ってまでも、もっと肝心なことを思い出すはずだ。ええ、そうじゃねえかい？」

「佐七、おめえもっと思い出すことはねえのか？」

佐七は下を向いたまま、頭を振るだけであった。記憶の隅をつついても、きのう宿であったことはすべて出し尽くしている。

――あるとすれば……いや、違うだろう。

佐七が思い浮かべたことといえば、狙いの部屋の向かいから聞こえてきた声であ

る。役人から追われて動転し、話の内容がすっかり脳味噌の中に溶け混んじまってい
る。

「そうだ、佐七。上方弁を喋る妙な奴らがいたと言ってなかったっけ。どんなつまら
ないことでもいいから、落ち着いて、気を集中させて思い出してみな」

藤十も同じことを思っていたようだ。

喜三郎は、腕を組み黙って二人のやり取りを聞いている。

「……がねちょう。そう、がねちょうって、たしかそう聞こえやした」

「がねちょう？　なんだい、がねちょうってのは？」

「だめだ。そのあとが、思い出せねえ」

がねちょうだけでは、どうにも取っかかりがつかめぬ。藤十と喜三郎が佐七の話は
あてにできぬと思ったときであった。

「……そうだ、もしかしたら奴ら」

「おっ、何か思い出したか？」

藤十が訊き返した。

「どうもあっしの勘ではおかしな奴らと……」

「おかしな奴ら。おめえ、そいつらの面を見たんか？」

「ええ、宿に入るときにちらっとですが。そんときは気にもかけてませんでしたので、今思い出そうとしても……。ですが、どうも胡散臭《うさんくせ》え奴らだってのがこびりついてやす」

佐七の、邯鄲師としての第六感であった。

「胡散臭えだと？」

言いながら喜三郎がぎろりとした目を佐七に向けた。その眼光に佐七は怯えながら、死に物狂いで思い出そうとしている。

「なんだか妙な相談ごとをしてたみてえなんですが……。もっとよく聞いていればよかった」

頭を抱えて、後悔だけが佐七の口から漏れる。

妙な相談――。それだけで殺しの下手人に結びつけるのは早計である。だが、ほんの一分でも取っかかりがつかめるとしたら。

聞くとはなしに、聞こえてきた話である。必死に思い出そうとするものの、佐七はただ首を横に振るだけであった。

「佐七、そこにうつ伏せになれ」

佐七は、藤十に言われたとおり、畳の上に横たわった。

「経孔を圧してやるから、気を集中させろ」

うつ伏せになる佐七に声をかけ、藤十は背中に乗った。

肩甲骨の内側にある、神堂《しんどう》という経孔から踏孔療治がはじまった。両足の親指で、経孔の凹《くぼ》みを圧す。まずは、佐七の全身に血を巡らす。三焦兪《さんしょうゆ》、腎兪《じんゆ》、関元兪《かんげんゆ》と徐々に腰のほうへと下りてくる。

足の裏側まで足踏みをして、元の位置に戻る。藤十は、それを三度繰り返した。

佐七は、すっかり落ち着きを取り戻している。気持ちがいいのか、ときおり「ふーむ」と、悦に入った声が漏れる。

「どうやら血行がよくなったみたいだ」

喜三郎が固唾《かたず》を呑んで、踏孔療治を見ている。

「体を起こしてみろ。どうだ、気が楽になったか？」

「へい、そりゃもう……」

佐七は、起き上がって正座をした。

「……さて、これからだ」

藤十が呟くと、佐七の頭に手ぬぐいをかぶせた。乱れた町人髷が、豆絞りの手ぬぐいで隠れる。

藤十は中腰になると、頭のてっぺんにある百会《ひやくえ》を両手の親指に力を込めて圧した。痛みを感じたのか、佐七が「うっ」と声を漏らす。

こめかみである頷厭《がんえん》から順に、曲鬢《きよくびん》、角孫《かくそん》など、頭蓋骨の上から数個所ある頭の経孔を刺激する。脳の働きを活発にする経孔である。

背首から頭部にかけても、重要な経孔がある。風府《ふうふ》、風池《ふうち》、天柱《てんちゆう》などは気鬱《きうつ》や頭痛の鎮静化などに効果がある。もの忘れがひどいときは、このあたりを圧して気を落ち着かせるとよい。

藤十は二十個所ほどある首から上の経孔を一通り指圧して、一呼吸置いた。

「どうだ、思い出さねえか？」

「へい、まだ……」

つづけてやると、体がもたない。一休みして、藤十は再び佐七の頭に手をやった。前と同じ順序で、頭の経孔を刺激する。藤十は、指先に徐々に力を込めた。

四半刻ほど指圧を繰り返し、四たび目となって、藤十にもいささか疲れが見えてきた。やはり無理かと半ばあきらめながら、頷厭の経孔を強く圧したときであった。

「……まつや。そう、まつやって言ってました」

藤十は、佐七の前に回ると目の両脇にある、太陽という経孔を両手の親指でここぞとばかり力強く圧した。

「うっ」と、一声漏らした佐七の目が見開く。

「そうだ、たしかこんな話でありやした。『……がねちょうの……まつやとか言ってなはったな』『へえ、あしたの夜、手代の……が来はりまして手はずを……』『さよか。ほならたぶんあさって……』それで『しー、外に誰かおまっせ』と言う声を聞いて、慌てて立ち去りやした。すいやせん。ところどころは聞こえず、まったく思い出せやせん」

佐七の言いわけには耳を貸さず、藤十と喜三郎は顔を見合わせて頭を捻った。

「なんとかがねちょうのまつや？　なんだいそりゃ」

喜三郎が呟き、十手の先を顎にあてて考え込む。

十手を見ると佐七は本能的に怯えがはしる。目を逸らして、玄関のほうに目を向けると、小犬の白い頭が佐七の目に入った。

「……がねちょう。それってもしかしたら、本銀町ではありやせんか？」

佐七が十手に怯えることなく、喜三郎に向いて言った。

「銀《ぎん》町のことか。そこにまつやなんてあるか？　藤十」

喜三郎が町の名を略して言った。

「まつや、まつや……」

藤十が、自分の指で天柱の経孔を圧して、記憶の糸を手繰る。

「市松屋っていうのなら知っている。そこだったら俺が、きのう足踏みで呼ばれて行った店だぜ。そういやあ、日本橋の本銀町にはほかに『松』という文字の入った屋号はなかったはずだ」

北は本銀町から南は室町《むろまち》にかけての一帯は、日本橋と呼ばれている。目抜き通りに沿って大店が建ち並ぶ、江戸でも屈指の商業地域であった。

藤十は日本橋あたりに客が多い。目抜き通りに面した店の名は、ほとんど覚えていた。

「なんだと?」

喜三郎の眉根がにわかに寄った。

「ああ、酒問屋の市松屋さんのことだ。そういえば、灘《なだ》からの下り酒『千両錦』を一斗樽で三千樽売りさばいたって主の文左衛門《ぶんざえもん》さんが自慢してたっけ。去年の大火で普請《ふしん》に携わった職人たちに振舞った酒だそうだ。深川の材木問屋組合からの注文てことだ。いくら儲けたか知らないが、おそらく金蔵の中には、入金された金が、二千両やそこらは……」

「あったとしたら。……灘は上方か。どうやら、このことを嗅ぎつけて……」

「なんと、そしたらまさか……」

佐七はわけが分からず、藤十と喜三郎の驚く顔をただ眺めているだけであった。

旅人殺しから、話はあらぬ方向にいっている。

喜三郎が片膝を立てて、佐七に向いた。

「おい、佐七。そいつらのことをもっと詳しく聞かせろい」

「……へい」

思わぬ喜三郎の変化に、佐七は戸惑いを感じて眉間に皺を寄せた。

「変な顔するな、佐七。もしかしたら……」

助かるもしれない、と言おうとして藤十は言葉を止めた。

むろん確信ではない。だが、とりあえずこの筋以外に、辿る綱を見つけることはできなかった。勘が外れていれば佐七は獄門となるし、どこかの店が夜盗に襲われることになるのだ。

「佐七、おめえは宿のどこでその声を聞いた？」

喜三郎は懐から矢立《やたて》と懐紙を取り出すと、佐七の前に置いた。

「ここに見取り図を描いてみろ」

佐七は、頭を捻って懐紙に宿の略図を描いた。文字が書けないので○×の記号で位置を記す。

「俺がとった部屋がここで、奴らがいたのはこの部屋。ここが俺の立っていた場所でして、話が聞こえてきやした。そこで感づかれ……ああ、どうしてこんな大事なこと忘れてしまってたんで」

佐七は悔しさを自分に向けた。そんな大事なことを忘れてしまうほど気持ちが動転していたのであろうが、冷静になると気がつくことも多い。

「それで、感づかれてからどうした？」

「……誰かいるって聞こえたんで、急ぎ立ち去りやした。そのあとは、一旦部屋に戻り、すぐに部屋から出やした。そんときはまだ相部屋の男はいい気持ちで横になっていて……」

「もしかしたら、奴ら佐七の姿を見たんじゃねえかな」

「どういうことだい？　いかりや」

長い顎に手をあてて考える喜三郎の呟きが、藤十の耳に入った。

「いや、なんともいえねえ。それで、佐七、おめえはそんとき相手が出てくるのを見たのかい？」

藤十の問いを一旦置いて、喜三郎の顔は佐七に向いた。

「いえ、生憎と……」

面目《めんぼく》ないと、佐七が頭のうしろに手をあてて言った。

「そうかい。そんでも話だけでも聞こえたってのは何よりだな。『手代が来て手はずを』なんて言ってるところをみると、こりゃあただごとではねえぜ。なあ、藤十」

何かをつかんだか、喜三郎が藤十に相槌を求めた。

「ああ、俺もそう思っていたところだ。それと『たぶん、あさって』とも言ってたんだろう。どういう意味だい？」

「いや、その前《めえ》に『あしたの夜』ってのも佐七の耳に入っていたよな」

「へい」

佐七のうなずく姿を見ながら、喜三郎は口をへの字に曲げた。そして、おもむろに口にする。

「これは、押し込みの手はずかも知れねえな」

「となると、市松屋さんの二千両を狙ってか？」

「ああ、どうやら辻褄《つじつま》が合ってくる」

旅人殺しのことが押しやられ、佐七の顔に不安な陰が宿った。大変な 謀《はかりごと》があの部屋の中でなされていたようだが、佐七への疑いが消えたわけではない。

佐七の気持ちを知ってか知らずか、藤十と喜三郎の話がつづく。

「俺の勘では、あしたの夜ってのがつなぎで、決行がたぶんあさってってことなんだろうよ」

「あしたの夜ってのは、つまり今夜。それで、手代の誰かがつなぎ役ってことか。となると、あした決行ってことか?」

「ああ、そういったことだろうな」

喜三郎が大きくうなずいて、藤十に返した。

「佐七にそれが聞かれちまって……」

「なるほど。一度佐七は部屋に入ったって言ってたよな。それを見届けてからってことか?」

「ああ、相部屋の男が殺されたってのはもしかしたら……」

喜三郎のそのあとの言葉は聞かなくても分かっている。

「なんてこったい、俺の身代わりってことか」

佐七はがっくりと肩を落とし、苦渋のこもる声となった。

「がっかりするのは早《はえ》えぜ、佐七。野郎どもをとっ捕まえて、濡れ衣を晴らしてやらあいぜ。ついでにおめえの疑いも消えるってもんだ」

　藤十の激励に、佐七は顔を上げて大きくうなずいた。

「もしそいつらが上方から来た盗賊たちだとしたら、今夜動くかもしれねえ。そこでだ佐七……」

　喜三郎の顔がここぞとばかり、佐七に向けられた。

「おめえ、夜目が利くんだってな」

「……へい」

「だったらおめえの体、あしたまで俺が預かろうじゃねえか」

「ということは、いかりや……」

　驚く佐七の代わりに、藤十が声を発した。

「ああ、これは特別だ。ただし、この勘が外れていたら、おめえはこれだぜ」

　喜三郎は、佐七に向いて首を手で斬る仕草をした。

　その日の八ツ半に、藤十は日本橋十間店町《じっけんだな》にある本両替商の銭高屋《ぜにだか》に呼ばれている。この大店の主も、藤十の踏孔療治が待ち遠しい一人であった。

「どこかおつらいところがございますか?」

すでに主の善兵衛《ぜんべえ》は蒲団の上にうつ伏せになっている。背中を藤十に向けた格好で善兵衛は答えた。

「どうも、腰のあたりがだるい。そのへんを重点的にお願いできますかな」

「はい、かしこまりました。それでは失礼させていただきます」

と断りを入れ、藤十は全体重を足力杖の取っ手をもつ両腕にかけた。徐々に加減をしながら、患者の背中に体重を移す。ころのよい加減のつけ具合が、踏孔師としての技量の見せどころである。

「うー、そこ。気持ちいいー」

善兵衛の口から、恍惚《こうこつ》のうめき声が漏れる。藤十は、腕の力を抜いて、足圧を強めにした。

「旦那様、ここは腎兪《じんゆ》とか、三焦兪《さんしょうゆ》といわれる経孔でございます。ここが痛みますと、肝炎の疑いがあると申せます」

しばし、背中から腰にかけてある数個所の経孔を、足の指先で刺激してから、藤十は背中から降りた。

善兵衛を仰向けにする。腹部には足踏みはできないので手の指圧に頼る。

藤十は、鳩尾《みぞおち》あたりの巨闕《きよけつ》から、肝の臓付近にある期門、日月とつづけて指圧する。圧すたびに、善兵衛の口から嗚咽《おえつ》が漏れる。

「くーっ、痛気持ちいー」

藤十の指は足に行った。両足の親指と人差し指のつけ根を圧する。太衝《たいしょう》という経孔である。藤十は太くて硬い親指で、両足の太衝をおもいきり圧した。

「い、痛い！」

善兵衛の口から、悲鳴のような叫びが漏れた。

「そうとう肝の臓がお傷みのようですね。少々お酒をお控えになったほうが、よろしゅうございます」

藤十が、医者のような診たてを言った。

「酒をやめなくちゃいけないのですか？」

善兵衛から、寂しげな言葉が漏れた。

「ええ、肝の臓は弱りましても、痛みがともなわないので、気がつかないうちに症状が進むことが多いそうです。なるべくでしたら……」

「……そうですか」

酒と体、どちらをとろうか迷っているような、善兵衛の呟きであった。

「すこし按摩をいたしましょう」

藤十は、再び善兵衛をうつ伏せにさせた。次は背中全体を足で踏みつける。肩部から、徐々に下にゆき、腰部、臀部へと数回往復する。そして、最後に足裏に乗って歩行するように踏む。半刻ほど要する、踏孔療治の一連の行程であった。

藤十は、善兵衛の体から降りると数回肩を揉み「お疲れさまでした」と、療治が終わったことを告げた。

「いや、しかし気持ちがよかった」

「それは、ようございました」

「そうだ、ここのところ家内が血の道で悩んでいる。今度お願いできますかな」

「奥様はおられないので？」

「ああ、きょうは実家に行くといって出かけています。申しわけないが、数日後にまた来てもらえますかな？」

「はい、もちろんでございます。ご婦人の血の道には、肝兪《かんゆ》、脾兪《ひゆ》、大巨《たいこ》、胞肓《ほうこう》などといった経孔が効きますので、ぜひ足踏み按摩を受けられたほうがよろしいと、奥様にお伝えくださいませ」

たてつづけに経孔の名を口にする藤十に、善兵衛の耳はついていけない。

「ああ、そうですか……」

てきとうな相槌が善兵衛の口から漏れた。

少し休んで呼吸を整えた藤十は、話題を変えた。

「ところで旦那様にお訊きしたいことがあるのですが、よろしいでしょうか？」

「はて、訊きたいこととは……？」

「最近、何かで大商いしたというお店をごぞんじありませんか？」

出し抜けの問いかけであった。善兵衛は、訝しげな目を藤十に向けた。

両替屋は信用の商いである。客の内情はめったやたらと教えられるものではない。

そこで藤十は、筋を通すためあらましを語った。

「これは絶対に内密で……」

善兵衛も、藤十の踏孔師以外の善行を知る一人であった。金を扱う稼業柄、話の次第によっては協力もするし、してもらうこともある。

「なるほど、そうでありましたか。でしたら、ちょっと待ってください。今番頭を呼びますから」

少し間をおき、四十歳を過ぎたと見られる番頭の伊平《いへい》が、縦縞模様の着流しに烏羽《からすば》色の前掛けを締めて、善兵衛の居間に入ってきた。

「伊平も今度、藤十さんの足踏み按摩にかかるといい。けっこう効きますよ」

番頭に笑みを向けていた善兵衛の顔が真顔になった。

「忙しいところすまない。この数日の内、千両単位で支払いをした店はなかったかと……」

話を聞く伊平の顔が一瞬歪んだ。善兵衛はその表情を見逃さなかった。

「番頭さんは何かこころあたりでもあるのですか？」

奉公人に対しても、善兵衛の言葉は丁寧であった。

「はい……」

「このお方は信用がおける。いいから話しなさい。実はな、押し込みに狙われているところがあるらしい。ことは重大だ」

藤十は、じっと二人のやり取りを聞いている。

「実は……。本銀町の市松屋さんから二日ほど前、二千両の振出し手形がもち込まれて現金で支払っております」

——やはり！

そこまで聞けばもういい。「ご造作をおかけしました」と、藤十が礼を言うと、伊平は頭を下げ、忙しげに帳場へと去って行った。

「失礼しました。それではお代は一両ということで……」

「ああ、ご苦労さんでした。またお願いしますよ」

藤十は、善兵衛から一両の代金を受け取ると、銭高屋をあとにした。

訊いてよかった。これで裏づけが取れたと、藤十の顔がじんわりと緩む。

本銀町は近い。藤十はこのあと、市松屋に寄ろうと思ったがそれはやめた。引き込みがいるのは間違いない。市松屋の主、文左衛門が怯えでもして、万が一気づかれたら捕らえることができなくなる。

ともかく喜三郎と会って、ことの委細を告げねばならぬと、小舟町の鹿の屋に寄った。ここにくれば喜三郎とのつなぎが取れる。

九

夕七ツ半に、喜三郎が藤十の宿に再びやって来た。

「やはり、金がもち込まれたそうだ」

藤十は銭高屋から聞いてきたことを、喜三郎に伝えた。

「そうかい、だったら……」

佐七も交え、今夜の手はずが語られる。

「もし、そいつらが捕まれば、おめえの殺しの疑いは晴れるかもしれねえぜ。ああ、こそ泥に対してのお目こぼしもあるかもしれねえ」

喜三郎は佐七が逃げぬよう、やんわりと足かせをはめた。

「いや、どんなことがあろうと、あっしは絶対に逃げたりいたしやせん」

喜三郎の心根を知って、佐七がきっぱりと言い返した。これで今夜動く『つなぎ』のあとを、夜目の利く佐七に追わせることに決めた。

三人では目立つ。それに同心がいては警戒されると、喜三郎は藤十の宿で待つことにした。

その夜。あたりが漆黒の闇に包まれたころ。

市松屋の正面から十間ほど離れたところに、防火用の手桶を重ねた天水桶が置かれている。人の目につかぬよう桶の真うしろに隠れて、佐七は市松屋の裏木戸を見張っていた。

一方藤十は、佐七から五間離れた塀の陰に身を潜《ひそ》めて正面を見張る。つなぎが出てくるのは、どちらかからである。

六ツ半にもなろうかとしたところで、佐七は懐からにぎり飯を取り出した。来る途中の煮売り茶屋で調達したものだ。大きめのにぎり飯が三個、経木《きょうぎ》に包まれている。そのうちの一つを、藤十の宿からついてきた小犬に与えた。

「……腹が減っただろう?」

小犬はにぎり飯一個をあっという間に食い終わった。まだ足りなそうである。

「……しょうがねえなあ、もう半分だぞ。あとは俺のだからな」

佐七は、三個のうち一個半を小犬に与えた。

「……にぎりを大きめにしておいてもらってよかったぜ」

飯を食ってから四半刻が経った。

小犬は待つ間の癒しにもなっている。ときどき頭を撫でてやるが、市松屋からは目をそらさない。

「……そういえば、おめえにはまだ名前がなかったな」

佐七は自分のことに精一杯で、とても小犬の名前までは気が回らずにいた。ここで見張っている間、多少心にゆとりがもてたのだろう。

「結構見張りというのも……そうだ、これからはおめえのことをみはりと呼ぼう」

佐七は小犬に『みはり』という名前をつけた。

「どうだ、みはりという名は?」

気に入ったのか、みはりが「くうん」と一鳴きした。

名前をつけられたみはりは、ますます佐七になつく。

そしてさらに四半刻、日本橋本石町《ほんこく》の鐘が五ツを知らせて鳴った。

夜五ツを過ぎ、八百八町は寝静まるときだ。周りで灯りが漏れている家はない。人通りはほとんど途絶えている。

「みはり、もうそろそろだぞ」

佐七は、小犬に向かって小さく話しかけた。

四方の灯りが消え、しばらくしても動く気配がない。深々と更ける夜のしじまの中で、さらに四半刻近く経つ。

待ちつかれたのか、佐七が大きく口を開け欠伸《あくび》をすると、目に涙が滲み出た。

――どこに行くのか知らないが、これ以上経ったら途中で町木戸が閉まる。

「……あてがはずれたか」

佐七が呟いた矢先であった。

裏の切り戸が音もなく開くと、中から出てくる人影を、佐七の目がとらえた。提灯を手にしているが、灯りは点けていない。路地を歩いて表通りに出てくる。

「……おい、出てきたぞ」

みはりの頭を撫でながら、佐七は呟いた。

闇の中に男は姿を現すと、息をひそめる佐七に気づくこともなく、前を通り過ぎた。

『——あしたの夜、手代の……が来はりまして……』

名は分からぬが、宿で上方の男が言っていた手代に違いない。

すかさずみはりが出ていき、男の歩いたあとに鼻をあてた。

——おい、みはり。おめえまで……。

佐七はみはりの意図することをつぶさに感じ取ると、強い味方を得たような心持ちとなった。

佐七は男をやり過ごし、十間ほどの間を取った。忍ぶ足音が届かない間隔である。

挫いていた足はまったく痛まない。佐七は、藤十の足踏み按摩の力を思い知った。

佐七は、たった一夜のうちに、追われる身から追う立場となった。

「やはり、出てきたな」

佐七に追いついた藤十が、呟くほどの小さな声で佐七に話しかけた。

「藤十さん、こっからは二人じゃ追いかけづれえ。あっしを信じて、任せていただけやせんか」

佐七の言葉を藤十は呑むことにした。

「分かった。ならばあとは頼むぜ」

藤十が全幅の信頼を込めて返すと、暗い中で大きくうなずいた佐七は、みはりとともに闇の中へと入っていった。


今宵は二日月。三日月の太さもない月と星明かりだけでも、佐七にとっては行灯に匹敵するほどの明るさだった。一人で歩くだけなら、提灯などいらない。

この刻になると、目抜き通りでも人影は途絶える。男は日本橋通りを南に半町ほど歩き、本町の辻を左に折れた。

男にとっては、星明かりだけの暗い夜、足元をしきりと気にしながら前に進む。しばらくすると夜目に慣れてきたのか、次第に脚が速くなってきた。それに合わせて佐七も脚の回転を速め、十間の距離を保つ。みはりも、佐七につかず離れずついていく。

伊勢町の辻で夜鳴き蕎麦《そば》屋が屋台を出していた。男は立ち止まると、屋台のおやじに声をかけた。佐七も止まって、男の様子を見る。どうやら提灯の火を借りたようだ。足元を照らす灯りができて、男はさらに早脚となった。これは佐七にとって好都合となった。提灯を目当てにすることができる。二間ほどの間を足して、追う余裕ができた。

男は堀留《ほりどめ》町の辻を右に折れた。

――おや？　どこに行くんだい。

ここを曲がると、馬喰町の宿には行かない。違う方向に男は足を向けた。

『――一味はばらばらになって江戸にいるらしい』

昼間、あのあとの下話で、喜三郎が言っていたことを、佐七は思い出した。

「……そうか、あんなところにいつまでもいるはずもねえか」

小さく独り言を漏らしながら、佐七は男のあとをつける。

みはりは、土に鼻をつけ、臭いを嗅ぎながら男の歩いた経路を進む。

「……鼻が一倍よさそうな犬だなあ」

一町も行かぬうちに堀がある。道浄《どうじよう》橋を渡って、西堀留川沿いを男は歩いて行く。

闇の中で堀の水はさらに黒色を増す。黒い筋がまっすぐに南にのびている。川端に植わる柳がぼんやりと見える。南から吹く風で、枝が揺れている。かさかさと、柳の葉がこすれる音だけが佐七の耳に入った。

堀沿いを進んで荒布橋《あらめ》を渡り、小網町《こあみ》に差しかかる。堀の先は、日本橋川にあたる。三十間ある川幅だ。右手にある大きな橋は江戸橋である。左は東堀留川まで商家の蔵が建ち並ぶ。そこからは日本橋川の土手を進む。

——やけに土地鑑《かん》のいい野郎だなあ。

木戸のある自身番を避けて、道に迷うことなく進む男に、佐七はそんな思いを抱いていた。

小網町を二丁目から三丁目へと差しかかったところであった。

気配を気にしたのか、男が急に振り向いた。提灯の灯りを差し向ける。

「……い、いけね」

佐七は咄嗟に、網干しの棚に身を隠した。このあたりは魚河岸が近く、魚を水揚げする際の網棚が川に沿って並んでいた。町の名の由来が容易に知れる。生臭さの漂う土地柄であった。

男は立ち止まってあたりをうかがう。提灯をかざしているが、灯りは佐七まで届かない。みはりが出ていって男に近づいた。

「……なんだ、野良犬か」

闇の中で、男が呟く声が聞こえた。

――危うくどじを踏むところだったぜ。みはりのおかげで助かった。頭のいい犬だ。

ふーっと息を吐き、佐七は再び気配を殺して男のあとを追いかけた。

鎧《よろい》ノ渡しに舟が浮かんでいるのが、佐七には見える。川風が佐七の頰をなでた。じっとりと汗が滲み出る緊張感に、川の空気が心地いい。

この先は箱崎《はこざき》橋である。そこから日本橋川は、新堀川と名称を変え、大川と合流する。そういえば一月ほど前、このあたりの旅籠で仕事をしたことがある。佐七は橋を渡る男の手もち提灯の灯りを見ながら、思い出した。

大川に架かる橋が永代《えいたい》橋である。その先は富岡《とみおか》八幡宮をかかえる深川だ。

箱崎から北新堀町を川沿いにずっと歩く。

佐七は、深川生まれなので、このあたりの土地には詳しい。

――野郎は深川へ……？

と、佐七が思った矢先である。男は永代橋ではなく、手前の豊海《とよみ》橋を渡った。およそ四半刻かけて、半里と五町来たことになる。

佐七は、男が橋を渡るまで待った。橋の上で気づかれたら隠れる場所がない。

橋を渡りきったあたりで、男のもっていた提灯の灯りが消えた。三十間ほどある橋は、渡りきると町屋につきあたる。相手がもつ提灯の灯りに頼っていた佐七は、男を見失った。

「……い、いけねえ。ここがつきあたりであることを忘れてた」

焦る気持ちが口から漏れた。急ぎ橋を渡っても男の姿は消えていた。

――右に行ったのか、左に行ったのか……。いったいどっちなんでい？

右に行けば南新堀を戻る形だし、左に行けば大川端の塩《しお》町である。

――どうせ戻るのだったら、箱崎の湊《みなと》橋を渡るのではないか。

佐七がそう読んだときである。日本橋からずっとついてきたみはりが、地面の臭いを再び嗅ぎだした。鼻を地面にこすりながら、左に曲がる。

「まさか、みはりのやつ……」

佐七は、みはりの鼻に賭けることにした。塩町の方向に足が向く。一町ほど行くと、道は二股に分かれる。まっすぐ行くと川端だ。みはりは手前の道を曲がった。提灯を消したということは、目的地も近いということだ。

二十間ほど歩くと、しもた屋風の家があった。もともとは商家だったのだろう。店先の面影が残るあばら家である。

ほとんど廃墟である一軒屋にぼんやりと灯りが点る。

「……ここかもしれねえ」

盗賊たちの巣窟とった佐七は、それをたしかめるため裏木戸に回った。木戸の閂《かんぬき》は朽《く》ちて、戸は難なく開いた。

行灯の灯りが母屋《おもや》から漏れている。もとより忍び足は得意とするところだ。じっと気配を殺しながら、佐七は近づき濡れ縁の下にもぐった。畳床をとおして声が聞こえてくる。

齢のいった男の上方弁が聞こえてきた。

「……あさって、三井屋《みつい》に二千両をもっていくのは間違いあらへんな？」

佐七はいきなり核心を聞いた。

――やはり、こいつらか。

佐七の背筋にぞくりとした感触が奔《はし》った。

「はい。それまでは家の奥の金庫に……これが、金庫の合鍵です」

佐七がつけてきた男は、江戸の言葉であった。

そしてもう一人、上方弁で話す男の声が加わった。

「となりますとお頭。やはりあしたしかありまへんな……」

声を聞いて佐七ははっとした。馬喰町の宿で、襖越しに聞こえてきた声と似ている。

——あの話し声を聞かなかったら……。おっといけねえ、この先を聞き逃しちまう。

佐七は全神経を耳に集中させた。

「そやな。ほな、あすの晩……」

部屋には五、六人いるような気配がする。畳のきしむ音で、佐七は人数を読んだ。

——ここが根城だったのか。

佐七が思ったそのときであった。

「しーっ」

男が頭目の言葉を制した。

「どないした?」

佐七は縁の下で息を殺した。すると同時に障子が開く。

「誰もおらへんがな」

「……おかしいおますな」

男たちの呟きと同時に、みはりが鳴き声をあげた。

「なんや、野良犬かいな」

「なんや、しょうもな」

一度開けられた障子が閉まると、再び盗賊たちの謀議がはじまった。

「よっしゃ、ほならあしたの夜四ツ半に決行や。その刻までにあんたは、裏木戸の閂を外しときなはれ」

「はい。それでは母屋まで来ましたら雨戸を軽く叩いてください。内側からあけますから」

商人らしい言葉が、佐七の耳にも届いた。

「よっしゃ。ほなら、抜かるんやないで。……さあ、いよいよやな」

盗賊たちの謀議は、佐七の耳に筒抜けとなった。

十

翌日、七月三日の夜四ツ過ぎ——。藤十と喜三郎は市松屋前の物蔭に隠れ、盗賊たちが来るのを待ち構えていた。

やがて、徒党の足音が近づいてくる。夜盗は五人組であった。黒装束に地下足袋で身を包み、万端抜かりのないいでたちである。

る。


「……よし、来やがった」

呟いたのは喜三郎であった。

佐七とみはりは、引き込み役が開けた裏木戸から庭に入り、すでに門をかけてあ
る。

門のかかる裏木戸ががたがたと鳴った。

「……どないした？」

「……開きまへんで」

「……なんやて？」

夜盗たちの押し殺した声が、塀を通して佐七に聞こえてきた。

「押しても引いても、そのくぐり戸は開かねえぜ」

さかんに首を捻る盗賊たちのうしろから、喜三郎がいきなり声をかけた。藤十が脇
に立って、足力杖を一本肩に担いでいる。

夜盗の全員が匕首を抜いて、抗う姿勢をとった。暗い中で鞘から抜く音がする。

「痛《いて》え思いをしたくなかったら、おとなしく得物を捨てな」

喜三郎の声を聞いた佐七が、裏木戸を開けて出てきた。手にした百目《ひゃくめ》蠟燭《ろうそく》に火が点
っている。路地裏はそれで幾分明るみをもった。夜盗の顔形までは識別できぬが、動

きだけは見て取れる。

「こいつらみんな、いてこましたれ！」

頭目の号令で、手下の四人が匕首を構えて斬り込んできた。

藤十は、正宗を仕込む足力杖の一本を得物とする。鉄鐺《てつこじり》を穿《は》かせた杖先で、一人の腹を突いた。「うげっ」と臓腑から吐き出された声が漏れる。藤十は杖を上段にもっていき袈裟懸けに振り下ろした。べきっと肩を砕く音が聞こえ、夜盗の別の一人が地べたにはいつくばる。「うーっ」と呻き声が聞こえる。藤十はたった二振りで、夜盗二人を倒す。

喜三郎の一竿子も早業であった。一人は籠手《こて》を打って匕首を落とすと、刀の棟《むね》で横腹を一撃した。地べたに崩れ落ちるのに目もくれず、喜三郎の太刀はもう一人の腰を殴打した。

骨を打ち砕く音と、呻き声しか周囲には聞こえてこないほどの、一瞬の剣戟であった。

残るは頭目一人となった。

うずくまる手下たちを尻目にして、一人逃げようとの魂胆がうかがえる。

藤十は、頭目が動き出す間もなく足力杖の先で思い切り突いた。鳩尾《みぞおち》にあたる柔らかい感触があった。「げふっ」と息を漏らし、頭目は口から胃液を吐き出すと、そのまま膝から崩れ落ちた。

「ふーっ」

藤十は額に滲んだ汗を袖で拭き取りながら、長い息を吐いた。

「これで動けねえだろう」

あらかじめ用意してあった捕り縄で五人を縛ると、藤十と喜三郎そして佐七の三人が市松屋の庭へと足を踏み入れた。みはりもうしろについてくる。

三人は、母屋の軒下にたどり着いた。

佐七は蠟燭の火を吹き消し、夜盗が言っていた手はずどおりに雨戸を軽く叩いた。すると、雨戸の閂が外れる音がする。同時に音もなく、すーっと戸袋側の一枚が開いた。

「……お頭、こっちから」

押し殺す声が聞こえた。雨戸の向こうで押し込みの合図を待っていた手代は、捕物には気づいていなかったらしい。

手代のもつ燭台の灯りに、男の顔が浮かぶ。

「引き込み役はこいつですぜ！」

佐七が男の顔を指差した。

引き込んだ相手が違うのを知り、慌てて逃げようとする男の鳩尾を、藤十が足力杖の鐺で突いた。男は呻き声をあげ、腹に手をあてて蹲《うずくま》った。「……まいりました」すでに頭を下げ、抗う様子はない。

この騒ぎに市松屋の当主、文左衛門がかけつけた。

「いったい何があったというのだ？　おや、おまえは太助《たすけ》」

すでに喜三郎の早縄にうたれた男を見やり、文左衛門が腰を抜かさんばかりに、驚きの声をあげた。そこに、藤十がいることに気がつき、さらに目を瞠《みは》る。

「藤十さん……。これはいったいどういうことだね？」

藤十が、文左衛門に事件の経緯を聞かせた。

「その太助とやらが、押し込みの引き込み役だったということです。大旦那さんに黙っていたのは、申しわけございませんでした。万が一、相手に感づかれてはいけないと思いまして」

「そうだったのですか。……助かった」

文左衛門は心底から安堵し、力が抜けたのかその場にしゃがみ込んだ。

上方から来た盗賊の頭は、天神《てんじん》の又蔵《またぞう》といった。やはり、皆殺しもしかねない、極悪非道の悪党であった。

「申しわけありませんでした。これには……」

太助の口から、すべてが語られる。

新堀川に沿って北側と南側は、酒問屋が多いところである。太助の実家であった丸《まる》高《たか》屋は、そのうちの一軒であった。

丸高屋は、灘の酒蔵紀乃川《きのかわ》の千両錦を一手に引き受ける酒問屋であった。それが、十二年前のある日、紀乃川が突然丸高屋との取引きを止めたい、と言ってきた。

丸高屋が、酒を薄めて流していたのが露見したからだ。水増しをして、利潤を上げていたのである。そのとき嫡男《ちやくなん》の太助はまだ九歳だった。

紀乃川は江戸の引き受け手を市松屋に委《ゆだ》ねた。小売りも兼ねている市松屋は、日本橋の目抜き通り本銀町に店を構えていた。市松屋の流通のよさを、紀乃川は買ったのである。

それから二年後、商売が立ちいかず丸高屋は店を畳んだ。その後、父親は自害し、母親も気患《わずら》いから病に臥《ふ》せ、すぐに亭主のあとを追ったという。

市松屋に商売を乗っ取られた上、両親の仇《あだ》と逆恨みした太助は、十二歳になったときに身の上を隠し、丁稚《でっち》として市松屋に入り込んだ。

その後文左衛門から目をかけられ、三年前に手代となった太助は、いずれは番頭への道も約束されていた。

だが、太助の奥底にある一念が、消えることはなかった。

――いつかは意趣返しを。

因果を含めたまま、十年の歳月が過ぎた。

仕返しをするのに、思わぬ朗報が太助の耳に入った。灘の下り酒、千両錦三千樽の特注である。二千両の金が動く。市松屋では、一度にこんな大きな取引きは今までになかったことだ。

太助は、この大商いに目をつけ、一案を練った。

上方に天神の又蔵という夜盗の頭がいることを、太助は十年の間に知っている。蛇《じゃ》の道は蛇《へび》と、裏の手を介してつなぎを通すのは、難しいことではなかった。

酒の買いつけで大番頭とともに灘に出向いたとき、二千両の儲け話を又蔵にぶつけた。

又蔵は、太助の話を丸ごと呑んだ。

「――面白いやおまへんか」

上方ではしばらく仕事を控えたいと思っていた天神の又蔵は、江戸での仕事に食指を動かされた。

「金はいらない。ただ……」

太助の意趣返しの狙いは、市松屋一家の皆殺しにあった。ここに、互いの打算が一致した。


「……そんな怨念をもつ者を、十年も雇っていたとは……逆恨みってのは恐ろしい」

夜盗たちを番屋に引き渡してから、住吉町の藤十の宿に戻った三人は、市松屋から礼としてもらった酒を酌み交わしている。

「しかし、これが未遂に終わって、太助も安心したような顔をしてたじゃねえか。大旦那に向かってひれ伏して謝ってたし、素直に白状したからな。それが救いといえば救いだ」

藤十の言葉に、喜三郎が返した。

「うん、そうかもしれないな」

藤十の相槌《あいづち》で、市松屋の話もそれきりとなった。

「ところで佐七、おめえのことだが……」

「まだ疑ってるのかい？」

喜三郎の言葉に、藤十が口を挟んだ。

「いや、俺も『――あいつらの中に声が似ていた奴がいる』と言った、佐七の言葉を信じる。あした奴らが白状したら、宿での殺しもはっきりとするはずだ。そしたら、与力の梶原様に頼んでみるつもりだ。今回の件で今までの咎《とが》が帳消しにならねえかと……。ただし、今後はその腕を人様の役に立つことに使うと、約束したらの話だ」

佐七は肩の力が抜けたのか、ほっと安堵の息を吐いて大きくうな垂れた。

すでに九ツの鐘が鳴り終わり、日づけが変わっている。それからしばらく、三人の話が尽きることはなかった。

第二章　非業の死

一

明けて昼ごろ——。

出仕していた喜三郎が上機嫌な顔をして、藤十の宿の玄関戸を開けた。

「いるかい?」

みはりが鼻を鳴らして出迎える。

「おう、いかりや待ってたぜ。どうだったたい?」

藤十と佐七は、喜三郎が来るのを心待ちにしていた。喜三郎が上がり込むのももどかしく、藤十が姿を見るなり問いたてた。

「佐七、おめえの疑いは晴れたぜ」

喜三郎は顔を佐七に向けて、先にことの結びから入った。

「相部屋の客を殺《や》ったのは、やはりあいつらだった。佐七がとった部屋の中から上方弁で話す声が聞こえちまったんだな」

「佐七との話し声が、奴らに聞こえていたのか？」

「そうみてえだ。そこへきて、立ち聞きの気配だ。それでてっきり追っ手かと思ったらしい」

「手はずを聞かれちゃ生かしておけねえと、それで殺っちまったのか？」

「ああ、大体そんなところだ。部屋に一人でいるところをな。相部屋の男に濡れ衣を着せようと、もってるものをみんな盗んだ。佐七のもちものは残してな。相部屋の相手が邯鄲《かんたん》師だってのは、むろん知っちゃいねえ、とんだ偶然てことだ。痛め吟味にかけたら、あっさりと吐いちまったぜ」

喜三郎の読みとは若干異なったが、これが相部屋の男殺しの真相であった。

「そうだったのか。よかったなあ、佐七」

「……へい」

佐七の声がくぐもる。

「どうした？　元気がねえな。もっと喜んでいいんじゃねえのか」

佐七のうつむく姿を怪訝に思い藤十が訊いた。

「あっしが立ち聞きをしてなきゃ、そのお方は殺されなくてすんだんじゃねえかと思うと……」

「気持ちは分かるが、こいつはあくまでも偶然てことだ。そりゃ殺された方には気の毒だが、そのおかげで助かった人もいる。もう、気にすることはねえんじゃねえのか」

藤十の慰《なぐさ》めで幾分元気が出たのか、佐七に笑顔が戻った。

「それで今後のことだが。与力の梶原様は今度の手柄に免じて、今までの咎《とが》はなかったことにすると言ってくれた。ただし、きのう言った人様の役に立つという条件つきでだ。どうだい佐七、仲間にならねえか……？」

喜三郎の、仲間という言葉を耳にして、今まで孤独を身にしみて感じていた佐七は、感極まって涙をこぼした。それが佐七の答えであった。

「だったら、さっそく植松にいってみるか」

佐七が放免になったら表の顔ということで、植木職人の見習いとして働く手はずになっていた。

「へい、お願いしやす」

喜三郎がよかったなと言ってうなずくと、その長い顔を藤十に向けた。

「ところでな、藤十。奴らの一人がこんなものをもっていた。宿で殺された男がもっていたものだそうだ」

喜三郎が、懐《ふところ》から書付けを取り出した。

書付けの文頭には『覚　支払い念書』と記されている。順を追って読むと、千両の支払い期日の約束が記されている。期日は七月十日となっている。

藤十の目が、末筆にいって大きく見開いた。

「ここに書いてある屋号は、おめえの客じゃなかったかい？」

藤十の驚く様子を見て、喜三郎が訊いた。

末筆には『河内屋作兵衛』の名が記され、捺印《なついん》されていた。宛処《あてど》は、大坂の富田屋《とみた》と屋号が書かれている。つまり河内屋作兵衛が大坂の富田屋へ七月十日までに千両支払うという約束証文である。

「奉行所から大坂に報せは出してあるが、向こうから返事が届くのは半月先になるだろう。その前に、河内屋さんに言っておいたほうがいいんじゃねえか」

「ああ、あたりまえだ。これは河内屋さんにとっても大変なことだからな」

言って藤十は、何かを思い出すように顔を天井に向けた。

——やはりあのときすれ違った男だったのか。

藤十は、先だって河内屋の廊下で見た男の顔を思い浮かべた。

「支払いの念書がここにあるというのは、河内屋さんにとってはいいことじゃねえのか?」

「いや、これは単なる支払い期日を約束する覚書だ。支払いが消えたわけじゃねえさ。支払い期日が過ぎていて、延期を頼んで念書を書いたのかもしれねえ。だとしたら、むしろ立場は悪くなるはずだ。これは、すぐにも届けてあげねえと……」

「そういうものかい」

八丁堀町方同心は、意外と商いの機微には疎《うと》い。

「これがないとやんやの催促、いやそうじゃねえ、即刻財産を差し押さえられても文句は言えねえものだ。ちょうどいい、あしたの朝、河内屋さんに行くことになってるから、俺が届けてあげるわ。事情も語ってな……」

だが、これが新たな事件の幕開けになろうとは、そのとき藤十たち三人は、想像だにもしていなかった。


佐七が晴れて放免となった翌日の朝。七月五日は、河内屋作兵衛から踏孔療治と日延べとなった相談事で呼ばれている。

蔵前通りを曲がり、浅草三間町の通りに入ったところで、浅草寺で打ち鳴らす四ツの捨て鐘を聞いた。朝顔が大輪の花を咲かせたところを一目見ようと、藤十は早めに住吉町の宿を出たのだが、よそに立ち寄る用事ができ、この刻となってしまった。

藤十が、河内屋まで一町ほどのところに来たときであった。「……おや？」と呟き、藤十の急ぐ足が止まった。河内屋から、五、六人の男が出てきたのが見えたからだ。遠目だが、みな同じ格好をしている。それが捕り方たちと知れたのは、再び歩き出してすぐのことであった。六尺棒を担いだ一行も、藤十のほうに歩いてくる。

河内屋に目を向けると、いつも軒下から吊り下げられている日除け暖簾《のれん》がない。大戸も下りているようだ。

──店は開いている刻だというのに、何があったのだ？

捕り方たちと途中すれ違ったが、みな無言であった。中に、戸板らしきものをもった者がいるのを見て、藤十は胸騒ぎを覚えた。

──何があった？

藤十の歩みは、さらに速くなる。

藤十は、河内屋の前に立つと大戸を叩いた。逸《はや》る気持ちで二度ほど叩くと、中から声があった。

「どちら様でございましょう？」

「藤十、踏孔師の藤十です。きょう、旦那様から呼ばれております」

藤十の、逸る声と同時にくぐり戸が開いた。

百目蠟燭の灯りで店内は明るい。戸を開けたのは、番頭の弥助であった。店先の土間で藤十と向き合う。

「番頭さん、何かあったのですか？　この刻だというのに、店が開いてませんが……」

挨拶もそこそこ、藤十は訝《いぶか》しげな顔を向けた。

「…………」

弥助のためらいが、顔に表れている。

「まさか、旦那様の身に……？」

「……実は……主、作兵衛は……亡くなりました」

弥助の口から、蚊の鳴くような小さい声が漏れた。

「なんですって！」

藤十は、弥助の言葉をにわかに信じられず、思わず大きな声を張り上げてしまった。驚愕《きょうがく》の声が、菜種油の匂いの充満する店内に響くと、帳場にいた奉公人たちが一斉に振り向いた。みな、つっ立っているだけで、仕事が手につかぬようだ。藤十は、奉公人たちを見渡し、頭を下げてから再び弥助と向かい合った。

「体の具合はどこも悪くなかったのに……なぜ？」

藤十の問いに、弥助は首を振った。

「主は……昨夜、殺されました」

「殺されなさったと？」

藤十は声音を落とし、たてつづけに弥助に訊いた。

「それはまたどうして？　誰に？　いつ？　どこで？」

「手前も、今しがた知ったばかりでございまして、何がなんだか……。まだ詳しいことは、ぞんじておりません」

「………」

呆気にとられ、藤十は返す言葉もない。

「それで、先ほど旦那様のご遺体が戻りまして、奥に安置したばかりです。今、南町奉行所のお役人様が来て、奥で奥様とお話をしているところでございます」

「その役人の名はごぞんじですか？」

「はい、たしか碇谷様とか……」

——いかりやか。ならば……。

「その部屋に案内していただけますか？」

平屋で二百坪の家である。藤十が足を踏み入れたことのない部屋は、幾つもある。

「ですが、今……」

弥助の顔に躊躇する表情が浮かんだ。

「だいじょうぶです。その役人なら顔見知りですから」

「左様でしたか。ならば、そこは旦那様の居間でございますのでどうぞ。……誰か、すすぎを用意しなさい」

弥助は、落ち着きをなくしている奉公人に向けて声を投げた。そこにちょうど、女中のお春が奥と店を仕切る暖簾を分けて、店先に顔を出した。泣いていたのか、瞼《まぶた》が腫れぼったい。

「お春、藤十さんを奥にお通ししなさい」

かしこまりましたと言って、お春が藤十の先に立った。庭に面した廊下を十間ほど歩くと、作兵衛の居間がある。歩きながら藤十はお春に声をかけた。

「旦那様が、大変なことになりまして……お春さんも、驚かれたでしょう？」

「はい。それにしてもどうして旦那様が？　おやさしかったのに……」

悔しさのこもる、お春の口調であった。十八歳と聞いていた。小豆《あずき》色の地に、黒糸の味噌《みそ》漉し縞が入ったお仕着せを着ている。年季奉公が明けるのは、あと半年とのことであった。だが、そのあとも、ここで働きたいとお春が言っていたことがある。主人を殺されたお春の気持ちが、藤十は手に取るように分かった。

部屋に入る前に、藤十は庭に目をやった。やはり、先日咲いていた朝顔の花は、さらに大きく花弁を広げていた。

――このあと誰がこの朝顔の世話をするのだろう？

藤十が思ったところに、障子が開いている部屋から線香の煙とともに、しわがれ声が聞こえてきた。藤十がよく耳にする声であった。

「……それでは、お内儀は知らなかったと言うのですね」

「はい、私たちには皆目見当のつかぬことでございます」

奥方の、くぐもった声も聞こえる。言葉が途切れたすきを見て、藤十が声を中に通した。

「ごめんくださいませ。……よろしいでしょうか？」

「おう！」

まるで待ってましたと言わんばかりの、喜三郎の声音であった。

「これはいかりやの旦那……」

喜三郎に応じると藤十は、金糸の蒲団に横たわる作兵衛の遺体を見やった。きょうも踏孔療治を施そうとやってきたのだが、もうどこを圧しても、痛いとも気持ちよいとも言わぬ、動かぬ体となっていた。

「旦那様、どうしてこんなことに……」

顔隠しの白布を取ると、作兵衛の顔は血が抜けて青白く、一晩水に漬かっていたらしくふやけている。激痛に顔を歪《ゆが》ませたまま、絶命したのであろう。生前の温厚であった面影は、どこにも見ることはできなかった。町人髷は元結が取れ、ざんばら髪となっている。白髪の混じる長い二毛が数本、頬から口にかけ引っかかっていた。

藤十は手を差しのべ、顔にかかった髪の毛の乱れをそっと直してあげた。指先が顔に触れると、冬の真水のように冷たい。無惨な姿に胸を痛めながら、藤十は白布を被《かぶ》せた。

河内屋の宗旨は法華《ほっけ》宗と以前聞いたことがある。藤十は線香を手向けながら、題目を三遍唱えて作兵衛の霊を弔《とむら》った。

焼香を済ませた藤十は、体を反転させて作兵衛の女房お登季《とき》と向き合った。

作兵衛は若い嫁を娶《めと》り、お登季はまだ四十歳前であった。大店《おおだな》の内儀によく見られる、清楚な物腰のうちにも、気の強さが滲み出ていた。藤十は、そんな普段のお登季を知っている。だが、はからずも後家となってしまったお登季は、がっくりとうな垂れている。潰し島田のほつれ毛が、こめかみから頬にかけて数本かかっていた。

「このたびは、とんだことで……」

憔悴《しょうすい》しきったお登季の姿を目にし、藤十の悔やみの言葉は短かった。

喜三郎は、そんなお登季に対して聞き込みをしている最中であった。藤十が入り、その尋問がいっとき途絶えた。

「俺のほうは、あらまし話を聞いた」

喜三郎の言葉に、うな垂れていたお登季の顔がもち上がった。怪訝な表情がうかがえる。

「いや、お内儀。この藤十はわたしの知り合いでして。この件は、この男にも知っておいてもらったほうがよろしいかと」

思わぬところで、藤十は紹介をされた。むろんお登季は藤十をよく知っている。

「……左様でございますか」

喜三郎は、お登季の前で事件の経緯を要約して語った。

「小名木川の大川近くに架かる、万年橋の橋脚に遺体が絡まっていたのを、明け方に猪牙《ちょき》舟の船頭が見つけてな、すぐに番屋に駆け込んだってことだ。俺はちょうど当直だったもんで……」

喜三郎が現場に駆けつけたときには、遺体は紀伊様下屋敷脇の土手に引き上げられていた。

水浸しとなった作兵衛の着姿は、紬《つむぎ》の単衣《ひとえ》に薄い羽織を被せた、夏向きのものであった。普段の外出着だとはあとからお登季に聞いた。右の肩口から、背中を脊髄《せきずい》ごと一太刀で袈裟斬りにされている。

「……相手は侍か」

切り口から見て相当な遣い手と、喜三郎は見た。

一町ほど東に寄った六間堀の吐き出し近くにある船着き桟橋に、おびただしい血のあとがあった。作兵衛は、そこで斬られ小名木川に投げ捨てられたのだろう。

このとき喜三郎は、殺されていた男が河内屋作兵衛であることは知らない。

「まずは、身元を……」

と思ったとき、手先の岡っ引から声がかかった。

「旦那、こんなもんをもってましたぜ」

見ると一枚の書付けであった。

「油問屋河内屋作兵衛殿？　こいつは……」

懐にあった書状が、作兵衛の身元確認を容易にさせた。水にふやけていたが、かろうじて読み取ることができる。

『受取証』と名目が書かれ、五百両の受取額が記されていた。宛名は油問屋河内屋作兵衛殿と記され、金の受取人の名は書かれていない。

「五百両を支払って、殺されちまったってことか？　それにしても……」

誰が五百両を受け取ったのかが書かれていない。こんな受取証ってあるのかと、商取引にあまり縁がない喜三郎でも、訝しく思った。

「いろいろな書付けが出てきやがる」

喜三郎は、先日馬喰町の旅籠で殺されていた男の所持品に、河内屋が差し出した支払い念書があったことを思い出した。

「……これは、藤十も交えたほうがよさそうだな」

作兵衛の遺体を見ながら、喜三郎は呟いた。

すぐに報せは、浅草三間町の河内屋にもたらされ、女房のお登季と住み込みの手代が駆けつけ、作兵衛の身元が確認できた。

「……そんなわけで、四半刻前に作兵衛さんをこちらに運んだばかりってわけだ。そういえば、きょう作兵衛さんに按摩を施すために、呼ばれていると言っていたっけな」

「来てみたらこのありさまだ。なんて言っていいのか……」

作兵衛の、殺されていたあらましを聞くと、藤十がうな垂れて言った。

「そこで、番頭さんたちにも話を訊きてえと思ってるんだが、おめえも一緒に聞いてくれるか?」

「ああ、もちろんだとも」

憤りを感じている藤十は、脇に置いてある足力杖の柄を強く握りしめた。

別室に、番頭の弥助と手代の二人を呼んで話を聞き出す。

「旦那さんの、きのうの様子を聞かせてくれねえかい?」

奉公人三人を前にして、喜三郎が切り出す。

「はい、昨日夕七ツ半ごろでしたか……。お一人で出かけられました」

弥助が答える。

「お出かけはいつも一人なのかい?」

「いつもは丁稚を供《とも》にするのですが、きのうばかりはお一人でいいと言って出かけられたのです」

「行く先はどこと言ってた？」

喜三郎は、詰問をするように厳しい口調となっていた。

「いえ、それは何も言わずに行かれました。訊いたのですが、笑ってそれには答えず、遅くなるかもしれないとだけ言っておられました」

笑みを発し、それは上機嫌であったという。

「小名木川の万年橋あたりに、心あたりはねえかい？」

「旦那様は、そのあたりで殺されなさったと、先ほど手代から聞きましたが、万年橋といえば大川の近く。ここからだと、一里近くございますねえ。そんなところに縁があるとは、今まで聞いたことがございません。本所、深川には取引先もございませんし……」

手代の一人は、お登季の供で一緒に行っていた男である。そこからの報告が、弥助にもたらされたのだろう。殺されていたときの様子は、すでに知っているようで、喜三郎の問いにもすらすらと答えていた。

「ちょっと、俺からもいいかい？」

藤十が断りを入れると、喜三郎が腕を組んでうなずいた。

「いいから言ってみな」

喜三郎が吹かす役人風が、少し藤十の癪《しやく》に障《さわ》った。藤十は、わざとしかめっ面を作って喜三郎を一瞥すると、懐に手を入れて書付けを差し出した。

「きょう、これをご主人にお渡ししようかと思ってたのですが……」

出した書付けは、例の念書である。

「……おや、これは？　七月十日までに千両ですと」

千両の支払い念書を見ると、弥助は額に皺を寄せ、不思議そうな目を藤十に向けた。

「千両の支払い念書ではないですか。これがどうして藤十さんの手元に……？」

「実はな……」

念書を手に入れた経緯は、喜三郎の口から語られた。

「……左様でございましたか。そのお方は殺されなさったと」

弥助が、大きくため息を吐いてことのあらましを聞いた。二人の手代は、弥助のうしろに控え、顔を見合わせて首を捻っている。

「それにしてもなぜこんなものを……。だいたい、この大坂の富田屋さんという店は、当方は今まで取引きがございません」

「なんですって？」

藤十が眉間に皺を寄せて、ますます訝しげな顔を見せた。

「それと、五百両の受取証。旦那様はいったい何をお買いになったのか？　何がなんだか……さっぱり」

「作兵衛さんから五百両の金を受け取った人の名が、これには書かれてないじゃないか」

喜三郎がもっていた受取証を見て、藤十は首を傾げた。

「おめえもおかしいと思うだろう」

言って喜三郎の顔が弥助に向く。

「番頭さんは、知らなかったって言うのかい？　こんな大商いを……」

喜三郎が、長い顎を突き出して訊いた。

五百両の受取書と、千両の支払い念書。合わせて千五百両の支払いがなされる大きな取引きを、弥助は知らないという。

何から何まで、我々の知らぬところでことが運んでいたと、弥助の顔は見る間に青くなった。うしろに控える手代たちも、一様に驚きの顔を向けている。

「手代さんたちも、知らなかったのですか?」

藤十は、うしろの二人にも声をかけて訊いた。「はい」と言う声がそろって聞こえる。

「さっそく大坂の富田屋さんというところに、問い合わせてみましょう」

弥助は今後に降りかかるだろう難儀に、声も震えている。

「……嗚呼《ああ》、千五百両もか。それにしても、五百両はどこから工面を?」

苦渋の呟きが弥助の口から漏れた。

——作兵衛は、奉公人にも話さず、何かの取引きを一人でおこなっていたのだろうか。

「ご主人がお一人で取引きをなさるってのは、よくあることで?」

「いえ、よそ様はどうか分かりませんが、当方ではほとんどございません。日頃『おまえたちに任せる』と言っておられましたし。もちろん、すべての決裁は、主に仰ぐことになっております。ですから、我々にも内密にして一人で動くとは、とても考えられません。よほどのことがあったのか……。おまえたちも、聞いてないよな」

弥助は、首を反転させて手代たちに同意を求めた。

「はい、手前たちは何も……」

手代の一人が言って、一人は黙ってうなずいた。

この商いは、作兵衛一人が関わってやっていたという。藤十の頭の中は、ややこしさでくらくらとなった。

大坂の富田屋からの返事が来るのは半月先になろう。それまで待っていられない。

藤十は、馬喰町の旅籠で殺された男との関わりを調べることにした。

「それで、先日来られた上方のお客がおられましたよね」

「はい。そのお方は初めて当方に来られたお客様でございました」

手代の一人が答えた。

「そのお方は、どのくらいここにおられました？」

藤十は、頭の中を整理するために、順を追って訊いた。

「四半刻もおられなかったようですが……」

これで、上方の男が暮六ツより前に旅籠にいたのが得心できる。だが、藤十にはまだ納得できぬことが腹の中で燻《くすぶ》る。

支払い日の約束を記した念書は作兵衛が書いたものだろうが、支払いの取り立てとか、念書の取り交わしなどは、たった四半刻で片がつくような交渉ごとではない。しかも千両という大金を巡っての話である。どうしてそんなに早く折り合いがついたのだろうと、この疑いを弥助にぶつけてみた。

「……左様でございますねえ」

呟きながら首を捻る弥助を見て、藤十は訊いても無駄であることを知った。

二人の間にどんな会話がなされたのか。二人とも死んだ今となっては、知ることも叶《かな》わなかった。

それについては、富田屋からの返事を待つしかなかろう。藤十はひとまず、話の矛先を変えた。

「上方のお客が来た翌日の朝、五十歳絡みの方が見えたようですが、そのお方は？」

「ああ、あの方ですか。あの方は箱崎にある廻船問屋の、たしか『みなと屋』さんとかなんとかの番頭と言っておりました。……名は失念いたしました」

「言っておりましたとは、やはり……」

「はい、あの方も当方に初めてお見えになったお方です。普段から荷物の運搬は花川《はなかわ》戸《ど》に河岸をもつ浪速《なにわ》屋さんに頼んでございますから。何か、旦那様に火急の用があるとか申しておりました」

「火急の用？　なんの用事だったんだろ」

藤十の首が、小さく傾いだ。

「手前も初めてお目にかかりますお方ですから、ご用件のほうは……。ですが、あのあと旦那様の機嫌がよくなったのはたしかでございます」

その客のすぐあとに、別の客が来て藤十との用件はあと回しにされた。帰り際に廊下ですれ違った侍を思い浮かべる。

「私が帰るとき、お武家様とすれ違いましたが、あのお方は？」

藤十が、根掘り葉掘り訊く。弥助の訝しげな顔が喜三郎に向いた。

「いいから、聞かせてくれねえかい」

腕を組みながら聞き入る喜三郎が、弥助の表情を汲み取り言った。

「あのお方は、細工所同心の玉田様と申しまして御公儀作事方に組み入るお方でございます。何か、お城のこまごまとしたことを賄《まかな》うお役の方のようで、当方にもたまに油の買いつけでいらっしゃいます。お城のことですから、その場合は旦那様が直接応対いたします」

お城と言うのは、千代田城のことである。その幕閣に藤十の父親がいる。このことは母親であるお志摩以外に誰も知る者はいない。長年のつき合いである喜三郎もしかりである。

「それで、そのときの話の内容は?」

同心である喜三郎の口調はきつい。どうしても詰問の癖が出てしまうのだろうと、藤十は思った。

「いいえ、ぞんじあげません」

問いたての口調が強い分、弥助もきっぱりと言い切る。

結局、弥助と手代たちの口からは、それ以上のことを聞き出すことはできなかった。

弥助は渡された念書を見つめたまま震えている。近日中に千両を工面せねばならない。手元金と売掛け金を集めても半分にも満たない。とてもすぐに支払える額ではなかった。

「……旦那様はどこに何をお売りになったというのだ?」

弥助の呟きが、藤十と喜三郎の耳にも届いた。

急を聞きつけた弔問客《ちょうもん》も多くなってきた。聞き取りもここが汐どきだろうとの喜三郎の言葉に、藤十も従うことにした。

「また訊きにくるからな。それと、何かあったら必ず知らせてくれ」

「はい、かしこまりました」

喜三郎と弥助のやり取りを小耳に挟みながら、藤十は思っていた。

――人のいい、世話になった作兵衛さんを殺ったのはいったい誰だい。絶対勘弁ならねえ。

新たな憤りが藤十の肚の中で湧き上がった。三年前と同じ感情がぶり返す。

藤十は、そんな憤慨に至ると下唇を噛む癖がある。喜三郎は、口がへの字になった藤十の形相に接し「――本気になったな」と、心密かに思った。

河内屋を出た藤十と喜三郎は、浅草御蔵前の道を歩きながら話した。

「どうする、鹿の屋にでも寄っていくかい？」

喜三郎は、藤十と一緒に話の筋をまとめたかった。

「いや、残念だがこれから足踏みの仕事だ。だったら今夜……。そうだ、佐七も交えて話をしてみちゃ。野郎も、あれで結構気転が利くぜ」

「そうだな。それじゃ、七ツ半ごろ鹿の屋で……」

馬道に出た二人は、右と左に行く先が異なった。藤十は、浅草材木町にある客の元へと足を向けた。

二

七ツ半少し前に、藤十が小舟町の煮売り茶屋『鹿の屋』に行くと、すでに喜三郎が二階のいつもの部屋で、手酌で酒を呑んでいた。卓の上には、佃煮の小鉢と銚子が三本載っている。一本は空になって転がっていた。

「まだ佐七は来てないようだな」

手酌で酒を注ぐ喜三郎に、藤十は話しかけた。

「ああ、まだだ……」

「お京さんは相手にしてくれないのか？」

「ああ、忙しいなんて言ってほったらかしだ」

藤十も、喜三郎と鹿の屋のお京との関わりは知っている。

「まあ、駆けつけ一杯やれ」

喜三郎が、藤十がもつ杯に酒を注いだ。藤十が、ぐっと一息で呷《あお》る。

「ああ、うめえ……」

もう一杯と、藤十が杯を差し出した。

「あとは自分でやれ。……どうだい、頭ん中の整理はついたか？」

「いや、こんがらがったままだ。きょうは忙しかったし。手がかりは、朝方に聞いたことだけだからな。それよりも、いかりやのほうはどうだい。何か新しいことでもつかんだか？」

「とりあえずあのあと俺は、番頭が言っていた箱崎に行ってみたんだ。するてえと、箱崎にはみなと屋なんて屋号の店はねえ。あのあたりは廻船問屋がたくさんあるが、界隈《かいわい》の誰に訊いても知らねえって言うんだ。……上方の富田屋も絡んでるし、これは一筋縄ではいかねえ事件だぞ。俺の頭の中も、こんがらがっちまってる」

「みなと屋がない……いったい、どういうことだ？」

この席は、河内屋作兵衛殺しの一件で、考えをもちよろうとのことで設けられた。だが、ここにきても二人の話に進展はなかった。それよりも、さらに話の糸は複雑に絡んでくる。

「きょうはもういいや。何も考えないのも、考えるうちだ。佐七がきたら、この間の事件の打ち上げをしようぜ。奴の放免祝いも兼ねてな」

「そいつはいい。こんなにくそ暑くちゃ、頭もうまく回らねえ。暑気払いも一興《いっきょう》だ」

藤十の思いつきに、もろ手を挙げて喜三郎が賛同をした。そこに、廊下から声がかかった。

「遅くなりやして……」

仲居に案内された佐七が、仕事着のままの格好で入ってくると、職人の汗臭さが部屋の中に漂った。佐七には、お律を通して『鹿の屋』に来るよう伝えておいた。

ここ数日の間で、佐七の生活は一変した。まず、住むところは都合よく藤十の二軒隣の空き家が借りられた。喜三郎と藤十が身元引受人となれば大家に異存があろうはずがない。佐七は晴れて、無宿渡世から抜け出すことができた。

それと、表の仕事である。佐七は藤十の紹介で、左兵衛長屋から二町ほど北の長谷川町は三光稲荷《さんこう》に近い、庭師『植松』の職人見習いとしてきょうから働いている。今は、その仕事の帰りであった。

「おう、暑い中ご苦労だったな。風呂でも入ってさっぱりしてからくりゃよかったのに。……どうだ、仕事は慣れたか？」

喜三郎の、機嫌のいい声であった。

「いや、まだ一日目ですから、片づけみてえなことばかりで……。それと、どうも昼間は眩《まぶ》しくていけやせん」

「だろうなあ、お勤めが夜と昼、逆さまになっちまったもんなあ」

喜三郎の返しに、三人が声を立てて笑ったところであった。

「入ってもよろしいかしら？　楽しいお話のようで……」

うかがいをたてて入ってきたのは、女将のお京であった。

潰し島田を鼈甲《べっこう》の櫛《くし》で留めてある。うしろ髷に挿《さ》す紅色の玉簪《たまかんざし》が、年増にもかかわらず若さを主張している。齢は二十八になると藤十は聞いている。白地に、紅桔《き》梗《きょう》の子もち縞が入った単衣は、涼しげな色合いであった。目元涼しく、口元に薄く紅を引いた細面の顔は喜三郎好みの容貌で、体全体から水向きの色香が漂う。

――これでは、喜三郎が家に帰りたくないと言うのも、無理ないな。

鹿の屋に来て、お京に会うたび藤十はそう思う。

『――八丁堀の組屋敷には、鬼が二匹住んでいる』

鬼とは嫁の登勢と実の妹の伊予のことである。喜三郎から、たびたび聞かされる愚《ぐ》痴《ち》であった。

「藤十さん、いらっしゃい。きょう大川で獲《と》れたうなぎのいいのが入っているわよ。白焼きでもいかがかしら。……おや、こちらのお方は？　これまたいい男」

お京の艶《つや》っぽい目が佐七に向いた。

「うおっほん！　こいつはな、佐七といってこれから俺たちの仕事を手伝ってくれる仲間だ。おきょ……いや、女将もこれからよろしく頼む」

佐七の男前にはうかうかしていられない。咳払い一つで牽制をして、喜三郎が佐七を紹介した。

「よろしくお願いいたしやす」

佐七が、お京に顔を向けて頭を下げた。

「そう、佐七さんとおっしゃるの。こちらこそよろしく」

佐七に、うっとりとした目を向けるお京を見て、喜三郎が少し大きめの声を出した。

「もう挨拶はいいから、料理と酒をじゃんじゃん用意しときな。合図をするまで……」

喜三郎の悋気《りんき》が届いたのか、お京は「はいはい」と、重ね返事をして階段を下りていった。

喜三郎は紋付羽織を脱いで、着流しの格好となっている。懐に差し込んだ、全長九寸の短身十手の朱房が胸元からのぞく。これだけは、どんなときだろうと肌身離さずもっているのが、同心としての気構えであった。

「佐七は、一所懸命仕事してきたんだ。疲れただろうよ……まあどうだ一杯」

喜三郎が、佐七の杯に酒を注いで、一日の労をねぎらった。

元岡っ引の佐七は、十手を見ると無意識のうちに怯《おび》えが奔《はし》る。ちらちらと、十手に目をやる佐七に、喜三郎は気がついた。

「おい、佐七。こんなもん気にせんでいいんだぞ」

胸に手をあてながら、喜三郎は佐七に向かって言った。

夏の暑さは夕方になって治まり、秋の気配を感じさせるようになった。廊下側の障子と、堀に面した窓は開け放たれている。ときおり、東堀留川を渡って吹き込んでくる風が部屋の中を横切ると、たとえ微風でも冷たく感じ、心地よく肌を撫《な》でていく。

本格的に呑む前に、佐七には事件のあらましを話しておこうと、藤十は思った。

「酔っぱらう前に、佐七にも聞いといてもらいたいことがある」

藤十の顔が真顔となって、佐七に向いた。

「なんでございやしょう？」

佐七は注がれた酒を一気に呑み干すと、杯を卓に置いて話を聞く姿勢をとった。

「実は今朝な……」

藤十は、作兵衛殺しの一件を佐七に話して聞かせた。

例の念書のことがあって、佐七にとってもあながち関わりのない話ではない。それゆえ、河内屋作兵衛のことは佐七も知っている。

「なんですって！　たしか河内屋さんといえば、あの念書のですか？」

「ああ、そうだ」

「殺されたのですか……」

藤十から名前だけは聞いている。顔の知らぬ作兵衛の不幸を、佐七は思いやった。

「そんなんで、実はきょうの席はそのことについて話し合おうとして設けたんだ。おめえにも、話を聞いといてもらいたいと思ってな」

「へい、分かりやした。あっしも役に立たせてもらいてえと思いやす」

「一つ頼まあ」

喜三郎からも頭を下げられ、佐七は恐縮した。

「そこでだ……」

喜三郎がさらに詳しく語る。話が箱崎のみなと屋に向いたときであった。

「今、箱崎とおっしゃいましたね」

さっそく佐七に反応があった。藤十と喜三郎は、眉を寄せて互いの顔を見やった。

当面の鍵となるところである。

「箱崎がどうしたい？」

喜三郎は体を乗り出すと、片方の耳を向かいに坐る佐七に向けた。

「関わりがあるかどうか分かりやせんが。いえね、一月近く前でしたか……」

「なんでもいいから、話を聞かせろ」

喜三郎が、佐七に話の先を促した。

「実はそのころ、あっしはあのへんをうろちょろしていやした」

界隈の旅籠で稼いでいたとは、さすがに言い出しづらい。

「今おふた方の話を聞いていて思い出したんですがね、箱崎のほうで大店の旦那さんがわけも分からずやっちまったというのを、耳にしたことがあるんです」

佐七は、やっちまったと言いながら、首に片手をあてがった。

「自害ってことか」

喜三郎が、眉間に皺を寄せて口をはさんだ。

「一月前といやあ北町の月番だ。大店の主が自害した話なんて、こっちには聞こえてこねえはずだ」

「佐七、そこの店の屋号はなんて聞いてる？」

「いえ、そこまでは……。気にもしてませんでしたので、面目ございやせん」

「いや、謝ることはないが……」

「屋号までは忘れやしたが、たしか商いは廻船問屋とか言っておりやした」

「廻船問屋だって！」

藤十は、河内屋の弥助の話を思い出していた。

ここで屋号が合えば、事件のつながりが見えるのだが。

「みなと屋って言わなかったか？」

「いえ、そんな名前ではなかったと」

喜三郎の聞き込みでも、みなと屋は見つからなかった。

――だとすると、聞き間違えたのだろうか？

「弥助さんが『みなと屋』と言ったのは間違いねえよな？」

藤十は、喜三郎にたしかめた。

「ああ、俺もはっきりと『みなと屋』と聞いた」

「……ならば、作兵衛さんの件とは関わりがないのか」

藤十の呟きが、喜三郎の耳に入った。

「まあいいやな。どっちにしろ、簡単に調べがつくことだ。あした俺が調べてこよう」

それにしても、ちょっと佐七に聞かせただけでもここまでの話になる。この先も頼りになるかもしれねえ、俺のところの岡っ引たちよりよほど頼もしいと、喜三郎は思った。

「さて、呑むとするかい」

喜三郎は外に向けて手を三つ叩いた。

間もなく仲居が料理を運んでくる。卓に並べられた料理を見ると、佐七は目を瞠り、喉元をゴクリと鳴らした。

「これ以上考えていても詮のねえことだ。事件の話はこのぐれえにして、暑気払いとでもいこうや。さあ、佐七も遠慮しねえでどんどんやれ」

「へい、遠慮なくやらせていただきやす」

「それにしても藤十、佐七は頼りになるじゃねえか」

「だろう。こんないい男をこそ泥なんかにさせておいちゃもったいねえ。佐七、よかったなあ。八丁堀からお墨つきをもらったぜ」

二人のやり取りを聞いて、佐七はようやく胸のつかえが下りた気がした。

それからの三人の酒盛りは、夜半までつづいた。

宴の途中で、お京も加わった。喜三郎の隣に坐り、三人の相手をする。

「おい、お京。今夜は、鬼の住む八丁堀には帰らねえからな……ここに泊まる」

喜三郎が、酔った勢いで口に出した。

「……そうなの……うれしい」

お京が艶っぽく、しなを作ってそれに答えた。

これまで二人の事情を知らなかった佐七は、そのやり取りだけで万事を得心し、目のやり場に困った。

藤十はそんなことには目もくれない。河内屋作兵衛の踏孔療治が済んだとき見せた、至福の顔を思い出していた。

――それにしても作兵衛さんに何があったというのだ。

酔いが回っても藤十の頭の中では、この思いが駆け巡っていた。

三

翌朝早く、佐七は藤十のところに行く前に共同井戸に立ち寄った。深酔いで、頭がくらくらする。

「――仕事に出る前に寄ってくれないか」

と、藤十に言われている。

井戸端では長屋のかみさん連中が五人ほど集まっていた。米を研いだり、野菜を洗ったりで朝餉《あさげ》の支度に余念がない。すでに、佐七の顔は長屋中に知れている。かみさんたちも、佐七の顔を見ると機嫌がいい。「――おはよう佐七さん」といった挨拶が、いっせいに佐七に向いた。

「おはようございやす。ちょっと井戸を貸してもらってもいいですかい?」

「ええ、どうぞどうぞ……ここにお入りよ」

手を差しのべるように、佐七を輪の中へと導く。水を汲む者、桶を貸す者、手ぬぐいを渡す者、口をすすぐ塩を提供する者と、みな佐七には献身的であった。

みはりが井戸の周りをぐるぐる回っている。小川橋の下での出会い以来、佐七のところに住みついていた。みはりもみんなにかわいがられ、この環境に居心地がよさそうだ。先日まで野良犬であった面影はもうない。

「おはようございます」

若い娘の声が、佐七の背中に届いた。佐七が振り向くと、お律が立っている。佐七の会釈に、こころなしかほんのりと頬を赤らめたお律は、思わず顔を逸らした。下を向き「……みはり、おはよう」と、みはりへの挨拶で気持ちを内に隠す。みはりは尻尾を振って、お律の周りをぐるぐると回る。

塩で口の中をすすぎ、佐七は井戸の冷たい水で顔を洗ったが、頭の芯の疼《うず》きまでは消えない。

藤十の家の心張り棒はかかっていなかった。腰高障子をがらりと開けて、佐七は声を中に通した。

「おはようございやす……藤十さん、起きてやすか？」

起こされた藤十も、寝ぼけまなこである。

「なんだい、こんなに早くから」

不機嫌な声音であった。

「仕事に出る前に、寄れと……」

「ああ、そうだった。ちょっと上がって待っててくれ」

そう言うと、藤十は顔を洗いに出ていった。蒲団が敷きっ放しである。佐七は蒲団を折り畳むと、衝立《ついたて》の奥につっ込んだ。

「冷たい井戸水で面を洗うと、気持ちがいいなあ」

顔を洗って多少さっぱりしたのか、起きたてとは異なる声音を発して藤十が戻ってきた。

「おや、蒲団をしまってくれたのか、すまなかったな」

「……どういたしまして」

佐七のほうは、声に張りがない。

「おや、様子が変だな。どうしたい？」

「へえ、酒が抜けませんで、頭が……」

「そうか、だったらここを指圧してみな。自分でできるから」

藤十は、頭のてっぺんにある百会《ひやくえ》、耳の裏側にある完骨《かんこつ》、首のうしろにある天柱《てんちゆう》、風池《ふうち》などの経孔《つぼ》を示した。

「二日酔いでなくても、頭痛のときなどはここを圧すといい」

「へえ、ためになりやすねえ……」

感心しながら、佐七はさかんに頭から首と、指の腹で圧す。

「どうだい、さっぱりしたか？」

「へい、だいぶ楽に……」

「そうか、そいつはよかった。そしたら……」

藤十は、きのうの話のつづきなんだがと前置きし、二人は胡坐をかいて向き合った。朝から重い話である。

「……俺は、河内屋作兵衛さんの仇をどうしても討ちてえ。あんないい人を斬り殺すなんて。下手人をふん捕まえて獄門台に送ってやらなきゃ気がすまねえ。そう考えたら、夜も眠れなかった。寝ついたのは今しがただ」

藤十の目が腫れぼったい。佐七は、藤十の義俠心を改めて思い知った。

「きょうからさっそく動きたいのだが……。ただ、きのうのきょうで皆目何もつかめちゃいない。そこで佐七は、俺たちが手がかりをつかんだら動いてもらいてえ」

「へえ、それはもう。ですが……」

「ですがって、どうした？」

「あっしは、昼間はあんまり動けないと思いますんで」

佐七は見習いとして働きはじめたばかりである。探るにしても、昼間は動くことができない。

「ああ、それだったら植松の親方には話をつけてある。こちらの用事で佐七が必要になったら、いつでも借りるとな」

「そうですかい！」

佐七の目に光が宿った。

「ですが、雇ってもらったばかりですぜ」

「おめえにとって、庭いじりは仮の姿。ことが起きれば、本業はこっちのほうだぜ」

「それを聞いて、安心しやした」

「ところで、おめえはあんまり庭いじりが好きじゃねえのでは？」

藤十に訊かれて、佐七はうなじに手をやった。

「へい、どうも毛虫と蛇が……。ですが、そんなもんで泣き言なんてとんでもねえ、ばちが当たりまさあ。気にしないでおくんなさい」

「なんだ、おめえは毛虫が苦手だったのか。まあ、蛇は俺もいやだけど」

「へい、世の中であんなに気持ちの悪いものはありゃしやせん。ですが、そんなものはいつか慣れやす」

佐七のやせ我慢であった。毛虫退治も作業の一つである。いっときでもそこから離れられるだけで、佐七の気持ちは晴れる思いであった。

「きょうからですかい？」

佐七が気張って言った。

「いや、手がかりがねえのにやたら動いてもしょうがねえだろう。その気構えでいてくれってことだ。とりあえず、いかりやと俺が探ってみる。今夜、いかりやが来るだろうが、そのときまでには何かが分かっているはずだ」

「へい、分かりやした……」

と、がっかりした佐七の声が返る。よほど毛虫がいやなんだなあと、藤十は苦笑いを浮かべた。

「それじゃ、行ってまいりやす」

「しっかり、毛虫を退治してきな」

苦虫を嚙み潰した顔をして、佐七は出ていった。

「……毛虫退治か。今度も絶対、悪党を退治してやる」

藤十は独り言を吐くと、足力杖を一本手に取り、自己流である『松葉八双流』の構えを取った。脇あてを左手でもち、一尺下の取っ手を右手で握る。鉄鐺《てつこじり》を相手の目に向けるのが、基本的な構え。剣術でいえば正眼の構えである。そこから、目にも留まらぬ速さで∞の軌道を描き、相手の得物を打ち返す。すきに乗じて印堂《いんどう》、廉泉《れんせん》、天突《てんとつ》、巨闕《こけつ》など、人体の急所を目がけ先端の鉄鐺で突く。松葉八双流の奥義である。

「とっとっとっとっ、とりゃっ！」

藤十は、仮想の敵を脳裏に思い浮かべると、松葉八双流の型を狭い部屋の中でひとしきり振るった。藤十の流儀は、相手の命を奪うよりも、捕縛することにある。手柄は喜三郎のものになるが、むしろ藤十はそれを喜びとしていた。

――この世から一人でも、悪党がいなくなれば。

藤十の足力杖には、九寸二分の刀剣が隠されている。名刀正宗の脇差を改造したものである。藤十はこの仕込み正宗を、悪党相手にまだ抜いたことはない。

四

自分で飯を炊き、朝飯を食った藤十は、浅草駒形に住む常磐津《ときわず》の師匠豊志寿《とよしず》の元へと向かった。巳《み》の刻に呼ばれている。駒形に着いたときは、すでに陽は高く昇り、暑い一日がはじまっていた。

「おっしょさん、このへんが痛くはございませんか？」

豊志寿の背中に乗り、藤十は足踏みをしながら訊いた。左右の足の親指で厥陰兪《けついんゆ》という経孔に力を込めている。

「ええ、よく分かるわねえ。そこのところが少し痛いわ……」

「おっしょさんはこのところ、疲れやすくて目眩《めまい》がするとおっしゃってましたから。おそらく血の圧が弱っているのでございましょう。朝は起きづらいんじゃありませんか？」

「ええ、いつまでも寝ていたくて、朝起きるのに苦労するの」

「でしょうねえ……」

自分の診たてが当たっていたので、藤十はふっと笑みを浮かべた。

藤十の足は、背中から腰のほうへと徐々に移動をする。

うつ伏せになっている豊志寿は、襦袢《じゅばん》姿であった。腰から臀部にかけて、たおやかな曲線を描いている。

齢は三十を少し出たところであろうか、藤十よりは二、三歳上である。女盛りの艶やかさが全身からほとばしる。

だが、藤十にとっては、それどころではない。女の背中に乗るときは、体重のかけ方にことさら気を遣う。女の骨は細いので、藤十の体重がもろにかかると、療治とは呼べなくなるほどの負担がかかる。足力杖に体重をかけ、両腕で力を加減するのが一苦労であった。

「血の圧が弱い方は、こちらを圧すと効き目がございます」

と言いながら、藤十は厥陰兪、胃兪《いゆ》、腎兪《じんゆ》へと足を動かす。

尻の割れ目の先端に窪みがある。小腸兪《しょうちょうゆ》という経孔である。

「こちらは、便秘によろしいですよ」

効能を言って、藤十は小腸兪を探り、足の親指に力を入れた。

「ふぅーん、きもちいい……」

うっとりとした声が、豊志寿の口から漏れた。

藤十の額には玉の汗が浮かんでいる。暑さだけではなかった。豊志寿の放つ色香に惑わされることなく、藤十は足踏みをつづける。足裏をしばらく踏んで、体の裏側は終了する。

「仰向けになってください」

背中を降りた藤十は、豊志寿を裏返した。豊志寿が片膝を立てて仰向けになると、襦袢の裾がはだけて赤い腰巻が見えた。

「……膝をまっすぐにしてください」

藤十は、生唾を呑むのを我慢して言った。

表側は足踏みというわけにはいかない。手の指で指圧をする。

形よく膨らむ胸の谷間にある神封《しんぷう》という経孔からはじまり、へそ付近の肓兪《こうゆ》、股間近くの大巨《たいこ》などの経孔を刺激しながら、藤十は訊いた。

「いかがでございましょう？　お加減は……」

「ふぅーん、もうだめ……」

豊志寿の口から、淫楽にも取れる嬌声が漏れた。

藤十の、男としての抑えどころである。そんなところが、踏孔師の苦労といえば苦労であった。

一とおりの経孔を圧して、藤十の踏孔療治は終了した。最後に肩を揉みほぐし、ぽんと一つ叩く。

「お疲れさまでございました」

「ああ、気持ちよかった」

襦袢の着崩れを直し、緑あでやかな夏目縞の単衣を身にまとう。帯を固く結わきながら、豊志寿は言った。

「ゆっくりしてらっしゃいな、藤十さん。……はい、お代の一両」

豊志寿は一分金四枚を藤十に手渡した。

「ええ、ありがとうございます。一両という額はご負担ではございませんか？」

「いいえ、これだけ気持ちいいことをしていただけるんですもの。それに、このぐらいのお金でしたら、どこかの旦那をつかまえて、片目でも瞑《つむ》れば、すぐにもいただけるものですわ」

「そう言ってもらうと気が楽になります。そうだ、旦那といえば……」

話の矛先が変わる。

「たしかおっしょさんのお弟子さんに、三間町の油問屋河内屋の主人であった作兵衛さんというお方がおいででしたよね」

言って藤十は、はっと思った。作兵衛の相談は『駒形町にいる……』で止まっている。もしかしたら、この豊志寿のことではなかったのか。亡くなった今では、なんとも言えない。

「ええ、河内屋の旦那様は殺されたとかで大変なことに……」

「世間ていうのは狭いものですねえ。その作兵衛さんが、おっしょさんから常磐津を習っていたということは、以前から聞いておりました。実はその作兵衛さんも、あたしのお客さんだったのですよ」

「あら、左様ですか。それは、それは。旦那様は、三味線のほうはよろしいんですけれど、お声のほうが……あらいやだ、そんなことはどうでも……」

常磐津は、江戸浄瑠璃《じょうるり》の語り節である。三味線よりも、語りのほうにおもきをおく。

「常磐津を習うなんて、粋《いき》なお人だったんでしょうねえ」

そんな習い事をするのも、粋人《すいじん》のこだわりなのであろう。だが、たいていはその肚の中に、師匠に対する二心を忍ばせる。

稽古ごとの師匠とすれば、なるべく艶かしさを売りものにして、大店《おおだな》の主を弟子と称して引き入れる。互いに無言の打算があった。小唄の師匠である、お志摩が出稽古に着る派手な身なりを藤十は思い浮かべた。この豊志寿にも、多くの大店主人の弟子がついている。

「それにしても、なんで殺されなきゃならないのですかねえ。おっしょさんに何か心あたりがありませんか？」

藤十が、茶を啜りながら訊いた。

「なんであたくしが知っていると……？」

そんなことは分かりませんわ、と不機嫌な顔をして豊志寿はいったん口を止めた。

だが、思い出したように再び話しはじめる。

「そういえば、旦那様は、近々油問屋の組合長になるとかおっしゃってました。今の仕事がうまくいけば、たいへんな利権が生じてくると。儲かったあかつきには、わしとどうだ……なんて。それはご冗談でしょうが、そんないいお話があったのに、残念なことになってしまいましたわ」

藤十の目に光が宿ったことは、常磐津の師匠には分かろうはずがない。

「それってのは、いつごろの話でございました？」

「そうですねえ、かれこれ一月ほど前、もう少し前だったかしら……」

――一月前といやあ、箱崎の……。

「藤十さん、何か？」

上を向いて考える藤十に、豊志寿が声をかけた。

「いや、何でもありゃしません。それじゃこの次は十日後ということで」

深いお辞儀を一つして、藤十は二本の足力杖を握った。

豊志寿の療治を済ませた藤十は、駒形から通りをつっきって、三間町の河内屋へと向かった。番頭の弥助に、訊きたいこともあった。

河内屋の前に立つと大戸が閉まっている。

「おかしいな、忌中の札が張ってない……」

弔《とむら》いはないのかと藤十は呟きながら、切り戸に手をかけた。閂《かんぬき》はかかっておらず難なく開く。

「ごめんくださいよ」

声を店の中に飛ばし、藤十は一歩踏み入れた。蠟燭の灯りはなく、明かりとりの窓から射し込む外の光が、店内に明るさを作っていた。

小僧が一人、框《かまち》に腰かけ所在なさげにしている。藤十とは顔見知りの小僧であった。齢は十六歳と聞いている。

「小僧さん、番頭の弥助さんに会いたいのだが、いるかい？」

「いいえ、おりません」

「どこに行ったのだい？」

「いいえ、ぞんじません」

「ほかの人は？」

「もう、番頭さんも誰も、みんないなくなりました」

「どういうことだい、いったい？」

「今朝方、両替商の安田屋さんの人が来まして、『先だって当方が貸し出した五百両の返却がなされていません。すぐに返すとのお約束でしたので、うかがってみました。お取り込み中のようですので十日待ちます。もしご返却なされない場合は身代を差し押さえます』と言って帰りました」

——受取証の五百両の支払いは、安田屋から借りて工面したのか。そこにもってきて、千両の支払いも待っている。

作兵衛も殺され、河内屋はたいへんなことになったと、藤十の気は塞いだ。

小僧の話はまだつづく。

「安田屋さんのことを奥様に知らせると……」

小僧の口から嗚咽《おえつ》が漏れる。藤十は黙って小僧が落ち着くのを待った。

「すると奥様が……奉公人の皆に閑《ひま》を出しました」

「なんだって？」

十五人ほどいる奉公人を解雇し、店は畳むことにしたと、小僧は、作兵衛の女房お登季の話を途切れ途切れに語った。

「それで、小僧さんは……？」

「誰か一人ぐらいいませんと心配で……」

「そうかい、偉いなあ小僧さんは」

そのぐらいしか、藤十は小僧にかけてやる言葉が見つからなかった。

「それで、今お内儀さんは？」

「奥で、旦那さんのご遺体につき添っております」

「上がらしてもらうよ」

勝手知ったる家である。小僧の返事も待たず、藤十は雪駄《せった》をぬいだ。

奥の居間では、お登季が憔悴《しょうすい》しきった様子で一人たたずんでいた。度重なる不幸に見舞われ、普段は気丈なお登季もさすがに顔を上げられずにいた。

弔問客は誰もいない。葬儀の準備もなされていないようだ。

藤十は霊前に線香を手向けて、お登季に向いた。

「今しがた、小僧さんに話を聞きました。皆さまにお閑を出されましたそうで」

「…………」

お登季は力なくうなずくと、小さな声で話しはじめた。

「主人が亡くなったとあっては、この店も立ち行かなくなりました。どこがどうなっているのやら。そこにもってきて、千五百両の催促。手持ちと売掛け金ではどうにもやっていけません。どうせもっていかれるお金です。でしたら今の内にと、少ないですが手持ちのお金をはたいて皆にもたせてやりました」

「ですが、千五百両を仕入れ値として油を売ったのでしょう。でしたら儲けがとんとんでも、それだけの売り掛けがあるはずでは？」

「いいえ。どちらに何を売ったのかの控えがございませんので……もうよろしいのです、藤十さん。お心遣い、ありがとうございます」

計り知れないほどの苦悩を感じ、今の藤十では、お登季を説き伏せるだけの言葉が見つからなかった。慰めも、今は無用であろう。

必ずこの事件の真相を暴いてやると、心の内で呟くと藤十は腰を上げた。

「お力落としのございませんように」

気の毒すぎて下手な言葉はかけられない。月並みの言葉を残す藤十に、お登季が小さくうなずいた。


外に出た藤十は、これからどうしようかと首を振ると、視線の先に西のほうから歩いてくる娘がいた。

「お春さんじゃないか」

藤十は、近づくお春に声をかけた。

「ああ、藤十さん……」

「お春さん、今河内屋さんに寄ってきたのだが、大変なことになってしまったね」

「えっ、どうかしたんですか？」

「お春さんは知らなかったのか？」

「朝早く根津《ねづ》までお使いにやらされ、今戻ったところなのです。何かあったのでしょうか？」

女中のお春だけは、使いに出ていて解雇のことは知らされていないという。

「そうだったのかい。実は……」

藤十は、小僧から聞いた話をお春に聞かせた。

「……閑を出されたとのことだ」

「お店にはもう、誰もいないのですか？」

「ああ、お内儀さんと、小僧さんだけみたいだ」

「……そんな、酷《ひど》い」

お春の、悔しげな呟きであった。

作兵衛に客が来たら、お茶を出す係りはお春である。番頭の弥助がいなくなった今、話を訊けるのはもうお春しかいない。

「お春さん。俺は、世話になった作兵衛さんの仇を討ちたい。実はそのことで、八丁堀の同心の旦那とこの事件を探っているんだ。知っていることがあったら、なんでも話しちゃくれないかな」

もしかしたらとの思いで、藤十はお春に尋ねた。

「いえ、わたしに訊かれましても……」

「いや、細かなことでもなんでもいい」

誰かにすがりたい気持ちにもなって、お春は大きくうなずいた。

「だったら立ち話もなんだ。かといって、店の中では……。そうだ、腹は減ってないかい？」

昼どきである。二人は、適当な煮売り茶屋を探して入った。

昼飯を食いながら話を聞こうと、藤十とお春は向かい合った。

藤十の仕事着である派手な色の着流しと、商家のお仕着せである地味な単衣が相対して坐る。不釣合いな様子に、ほかの客の視線が寄った。話し合うのに邪魔な視線であった。

藤十は、女将を呼んだ。

「女将さん、話ができるような個室はないかい」

男女が入る個室と聞いて、女将の顔に怪訝さが宿る。藤十は、頓着することなく、女将の手に二朱板を押し込む。

「あったら、貸してくれないかい。大事な話をしたいんだ」

藤十の目に、不埒《ふらち》な思いが宿ってないことを見て女将は承知した。

「はい、個室というのはありませんが、普段あたしたちが寝泊まりしている部屋なら。汚いけど、どうぞお使いくださいな」

「すまない、無理を言って……」

藤十はみつくろって注文すると、部屋へと案内された。六畳間の、生活の匂いがする部屋であった。

「ここだったら気兼ねしないでいい」

お春も、ほっとしたような顔を藤十に向けると、小さくうなずいた。じっくり見ると、目鼻立ちが整った、清楚《せいそ》な顔をしている。

「お春さん……」

藤十は、呼びかけるようにお春の名を言った。

「はい」

お春はうなずきながら、返事をした。

「お春さんは、箱崎の廻船問屋のみなと屋って聞いたことがあるかい？」

「いいえ。河内屋が普段取引きしていた廻船問屋さんは、花川戸の浪速屋さんでございます。みなと屋さんという名は今まで聞いたことがありません」

お春のはっきりとした受け答えであった。花川戸の浪速屋は前に弥助から聞いている。

「と言うのはな……」

藤十は、みなと屋の番頭と称する男が河内屋を訪ねていたことを話した。

「それは四日前の朝、藤十さんがいらした日でございましたね。それでしたら……」

お春は、藤十を作兵衛の居間まで案内したことを覚えている。そのとき、廊下ですれ違った五十がらみの商人らしき男のことも。

「うん、それだったら?」

藤十の相槌に、お春は乗った。

「お客様にお茶を差し上げようと、お部屋の前に差しかかったときでした。障子越しに話し声が聞こえてきました。『――どうやら二日後に荷は戻るみたいで……。ですがこれを……』と言うのがお客様の声でありました。ごめんなさい、ところどころしか思い出せなくて」

「いや、十分だよお春さん。二日後に荷は戻るみたいって言ってたんだね」

「はい、そこだけははっきりと聞こえました。すると旦那様が『……仕方ないが、これで一安心だ』とおっしゃってましたが、聞こえたのはそれだけでございます」

――荷が戻るみたい。

思えば変な言い方である。届くと言えば、単なる荷の遅れであろうが、戻るとは――。それと、仕方ないが、とはいったい?

――五百両の受取証と関わることか？

そして、その二日後の夜に、作兵衛は殺された。

藤十の腕を組んで考える姿を、お春は黙って見つめている。

「それから……？」

考えを、ひとまずおいた藤十の顔がお春に向く。

「それで、わたしはお茶を運びにお部屋に入ったのですが、そのときの旦那様のお顔は、なんと申していいのか、晴れ晴れとしておりました」

「旦那様はこのところ、気分の起伏が激しかったみたいだけど、様子に変化が出たのはいつごろからだろ？」

「はい、多分あれはそう、三月半ほど前でした。急にお伊勢《いせ》参りに出かけてくるといって、二十日ほど留守にしたそのあたりからです」

「伊勢までの往《い》き帰りを二十日で？」

「船で行ってきたとおっしゃってました。お伊勢名物のあんこ餅《もち》をお土産にいただきまして」

――そうか、船で……。

藤十は、廻船問屋との関わりを思った。

「戻ってからの旦那様は、やはり少し変わっておりました。落ち着かないというか……」

「……落ち着かない？」

藤十が、腕を組んで呟く。

「はい、そわそわしたり、また、急に上機嫌になったり。でも、塞ぎこむようなことはございませんでしたわ」

「ふーん、なるほど」

藤十は、豊志寿に話したという作兵衛の言葉を思い出していた。『――近々油問屋の組合長になる……。儲かったあかつきには、わしとどうだ……』。相当浮かれていたのかもしれない。

「ですが、今から十日ほど前でしたか。食事を運んでいたときに旦那様の独り言を聞いたことがあります。『……困った、金が足りない。困った、困った』と言いながら、怖い顔をして、お部屋の中をぐるぐると回っておりました。わたしに気がつくと、何ごともない顔をしてお坐りになりましたけど」

藤十の顔が、天井の長押《なげし》あたりを見つめている。細い糸を張った小さな蜘蛛《くも》の巣がそこにあった。

――作兵衛さんの気鬱は、資金繰りだったのか。しかし、それと殺しとはどんな糸の絡みなのか？

作兵衛の気鬱を感じたとき、ちゃんと訊いておけばよかったと、今さらになって悔やむ藤十であった。

「……いや待てよ、俺が帰ろうとしたところに」

藤十が一点を見つめ、ぶつぶつ呟いている。

「藤十さん、どうかなされました？」

お春が藤十の思案する顔をのぞきこんだ。

「そうだ、もう一つ。あの日、もう一人来客があったな。お侍の……なんていったっけな、そうだ、細工所方同心の玉田……。その人にも茶を運ばなかったかい？」

「はい。そういえばあのお侍様は、旦那様が上方に行く前にもおいでになったことがございます」

「なんだって？」

藤十が訊き返したところで、注文した昼飯が運ばれてきた。

「さあ、食いな。むろ鯵《あじ》の骨は硬いから気をつけてな」

「ありがとうございます。では、遠慮なくいただきます」

昼食を取りながらの話となった。

「そのとき、やはりお茶を運びましたが、同じように障子越しに声が聞こえてまいりました。お武家様の声で『……二千両の商い』とかなんとか……」

——二千両の大商いか。その作兵衛の商い相手は、細工所方同心の玉田ってことか。

三か月以上前の話である。お春は首をかしげて、遠くを見るような目つきをした。

「それと、旦那様が伊勢に出かける二日ほど前に、四十がらみの、お店のご主人様とみられる方にお茶をお出ししました。初めてみえたお客様で、どちらのお方かはぞんじあげません」

「何か言っていたかい？」

「いえ、わたしがいる間はほとんど何も。ただ、上方への船とかなんとか、わたしが廊下に出たところで聞こえましたが、そのあとの言葉は……」

「……上方への船？」

藤十は、記憶力のいいお春に感心した目を向けながら呟いた。

——上方だと、お伊勢参りと関わりがない。作兵衛は嘘をついて出かけたのか。その客は、もしかしたらみなと屋の主。

「お春さんは、このことを誰かに話したかい？」

「いいえ、商いのことですから、聞こえたことでも口に出すわけにはまいりません」

「そりゃ奇特なことだ」

お春を褒めながら、番頭の弥助たちが何も知らなかったわけが、藤十は分かる思いであった。

藤十の顔が、天井の長押に張られた蜘蛛の巣を再び見やった。

「……どうやら、このへんで糸が結びつくようだな」

呟きが藤十の口から漏れた。

「藤十さん、どうかなされました？」

藤十の気があらぬほうに向いているので、お春が顔をのぞきこんだ。

「いや、なんでもない。……それで？」

「わたしが知っているのは、それだけです」

「とりあえずそれだけ聞きゃあ十分だ、ありがとうよ」

藤十は頭を下げて、感謝の意を示した。

「お役に立ちますでしょうか？」

「ああ、よく聞かせてくれた。……ところで、お春さんはこれからどうする？」

「お店にいても、もう……。ですが、当分の間は奥様についていてあげたいと思っています」

「お春さん、よく言ってくれた。俺からもお願いしたい」

「それが済みましたら、故郷《くに》へ帰ろうと思っています」

「故郷ってのはどこだい？」

「はい、武州は與野《よの》というところです」

「與野？　いってえどこだい、そこは……」

藤十は、與野という地名を初めて聞いた。

「はい、中山道《なかせんどう》は浦和《うらわ》宿の先でございます。大宮《おおみや》宿の手前……」

「ならば、そんなに遠くないなあ」

日本橋から浦和宿までは、五里ほどであろうか。

「はい、そこに戻って家の手伝いでも……お百姓ですが」

「そうかい、それがいいかもな。そうだ、だったらこれをもっていきな。帰るときの役に立てればいい」

藤十はそう言うと、懐から縞の財布を取り出し、手をつっ込んだ。中から金を取り出すと、膳の上にばら撒く。先に豊志寿からもらった一両も含まれている。小判はないが、すべて合わせると三両ほどの金になった。

藤十は、気前がいいのだが、あと先を考えず行き過ぎるきらいがある。

「こんなにいただいては……」

「いいからもっていきな。男ってのはな、女の前で一度出したら引っ込めないものだ……」

遠慮が先にたつものの返すに返せない、お春の顔つきが困惑の表情に変わった。

「いいから、遠慮することはない……」

無理やり手に握らせ、藤十は足力杖を手にとって腰を浮かした。

お春は、金を巾着に入れて袂に納めた。

「女将さんすまなかった。おかげで助かった。それで、勘定はいくらになる？」

「はい、八十文になりますが……」

先に渡した二朱とは別の勘定だ、という顔をして女将は値を言った。

「あいよ。部屋まで借りたりして悪かったな」

と言って、藤十は財布に手を入れた。手の感触にあるのは、穴の開いた一文銭が六枚だけである。その銭を手に握り、財布を逆さまにしてみたが落ちてくるものは何もない。

お春が、藤十の異様な態度に気がついた。

「……あの、これ」

お春が藤十のうしろ手に、小粒銀を押しつけた。

外に出た藤十とお春は、右と左に分かれる。

「お春さん。くれぐれもお内儀さんのことをよろしく頼んだよ」

「はい、かしこまりました」

お春の姿が辻を曲がって消えるまで、藤十は見送っていた。

五

「ああ、きょうも暑いや……」

天上高く昇った天道を、手をかざしながら見やった藤十は、額の汗を拭って呟いた。

「……ここまで来たなら、ちょっと寄っていくか」

独り言を呟きながら藤十の足は、両国広小路から柳橋へと向いた。気持ちに母親への金の無心がある。ここのところ、家賃やら着物やらで佐七の仕度を調えてやり、しかも今の出費である。手もちの金が底をついてしまった。

柳橋を渡って、一町ほど先に実の母親お志摩が住んでいる。

黒塀から見越しの松がせり出している。塀の向こうから、三味線の調弦をする音が聞こえてきた。お志摩の在宅に、ほっとしながら藤十は、格子戸をがらりと音を立てて開けた。

「いるかい？　おふくろ」

「おや、藤十かい、いいからお入り」

藤十が上がると、お志摩は奥の六畳間で三味線の弦を張り替えているところであった。二の糸が弛《ゆる》んでいる。

「たてつづけに来るとは、金の用立てかえ？」

「図星だ。齢には見えぬ勘の鋭さだ」

「おだてるんじゃないよ。それで、いくら無心したいんだい？」

「十両ほど……」

二月ほど前に、二十両借りて返してないのが頭にある。藤十の声音が小さくなった。

「前に二十両貸して、まだ戻ってこないけど……。その上で十両かい？」

「やっぱり覚えていたかい。……すまねえ、このとおりだ」

藤十は、両手を面前で合わせた。

「忘れるもんかね。あたしの前でそんな格好はよしてくれないかい。あたしゃまだ、神にも仏にもなってないよ」

お志摩は、箪笥《たんす》の奥から十両を取り出すと、藤十の膝元に置いた。

「まったく金遣いが荒いのだから。たまには返すこともしなよ」

金を貸すときは、必ず一言の文句を添える。

「すまねえ、恩にきる」

「ところで、これからお殿様が見えると使いがあったが、どうする。会っていくかい？」

「えっ、親父様が？　また来るってか……」

「またって……お殿様を安っぽく言うんじゃないよ。回向院《えこういん》さんでどなた様かの法事があると言ってたが、その帰りみたいだよ」

藤十は、ふと頭の中に正宗の脇差の件がよぎった。そこに触れられると弱い。

「悪いが、きょうは会わずに帰るわ。よろしく言っと……やっぱり会おう。老い先短いんだ。あと、幾度会えるか知れないし」

「また、そんな悪態を吐く」

「それは冗談だが、たまには肩でも揉んで差し上げるとするか」

「ああ、そうしておやり。おまえの按摩療治はよく効くから、お殿様もそりゃあ喜ぶわ」

そのとき、玄関の格子戸が開く音がした。

「わしじゃ、いるだろう？」

「……おや、もうおいでだ」

お志摩は藤十に向かって呟くと、顔を玄関に向けた。

「は、はい。ちょいと……」

そそくさと、お志摩は玄関へと向かった。

「誰か来ておるのか？」

「はい、藤十が……」

「何、藤十が？　また来ておるのか……」

言い方が似ているのはやはり父子だと、お志摩は思った。

「またって……実の息子ですから」

「ああ、そうだったな。金でも足りなくなったか……」

そんな話し声が、廊下を伝って聞こえてくる。足音が大きくなって、やがて止まった。

「おう藤十、来ておったか。つい先だってもここで会ったな」

「はい。その折は……」

「そんな他人行儀な挨拶をするでない」

平伏する藤十を、父である老中板倉佐渡守勝清が咎《とが》めた。

こんなに間をおかずに再会するのは珍しい。

この日は、浅葱《あさぎ》色に板倉巴《ともえ》の紋所が入った単衣羽織を帷子《かたびら》の上に重ねている。武士としての最高位にいる者にとっては、これでも薄着なのか。肌着、襦袢と重ねられた着姿は、傍目《はため》にも暑苦しく思えた。

「袴を脱がしてもらうぞ。ついでに、上着もだ。取り立てて用事もなかったが、ちょいと休もうかと思ってな」

言いながら帷子の袖から腕を抜いて、片肌をさらけ出す。齢《よわい》六十七には見えぬ体に張りがあった。

こんな格好ができるのは、ここだけなのであろう。藤十は、ときの老中である父親が、ここに寄りたい気持ちが分かる気がした。

見越しの松をすり抜けて、涼しい風が吹き込んできた。傍らでは、お志摩が団扇で風を送っている。

「いや、心地よい」

気の休まる声が、勝清の口から漏れた。

「親父様、肩をお揉みしましょうか?」

「おう、おまえは踏孔師だったな。昔はよくやってもらったものだ。久しぶりに、一つ所望しようか」

老体に踏孔療治はきつい。肩から背中にかけての揉み療治を施す。藤十は、勝清のうしろに回って肩に手ぬぐいをかけると、親指に力を込めた。

まず、肩井《けんせい》という経孔《つぼ》を圧す。

――うっ、硬い。

政《まつりごと》を司る、凝《こ》り固まった肩がそこにあった。将軍家治に意見を述べ、老中田沼意次などと相対峙《たいじ》することもあろう。藤十は、あらためて幕閣の重責を思い知るのであった。

「うーっ、気持ちがいい。どうしてこんなに、気持ちいいのだ」

お志摩は団扇の風が父子に届くよう、扇ぐ幅を大きくさせた。

「ところで藤十。正宗の脇差では冷や汗をかいたぞ」

　冷や汗が出たのは藤十であった。

「……はあ」

「まあ、上様には別のものを見せて、うまくとりつくろったが、怪訝なお顔をなされておった」

「左様ですか」

　藤十は、その話題から早く離れたくて、そっと話の矛先を変えた。

「……実は親父様、近ごろこんな事件がございまして」

「おう、市井《しせい》の話か。幕閣にいると世間のことに疎《うと》くなってのう」

　勝清は市井の話がことさら好きだ。話題を逸らすために、藤十は河内屋作兵衛殺害の件を、分かっている範囲で語った。正宗の脇差のことがなければ触れなかったことかもしれない。

「どうやら二千両の商いをもち込まれ、それが細工所方同心の玉田とかいう方と関わりがありますようで」

　ひととおり話をしたところで、揉み手を止めた。

「これ以上やりますと、揉み返しであとがつらくなります」

「うむ、かなり楽になった。すまぬのう」

二人は、再び向かい合った。

話が終わって、藤十はふと気がついた。老中にしてみたら、取るに足らない話であると思った。

「いや、親父様、失礼いたしました。思えばこんなことでお引き止めしてしまい……」

「こんなことと申すが、人が一人殺されているのだぞ」

藤十の、軽率なもの言いに、勝清は咎めを入れた。

「申しわけございません」

赤面する面持ちで、藤十は頭を下げた。

「何も謝ることはない。おまえから話を聞くのも久しぶりだったしな」

勝清は、帷子の袖に腕を通そうとしたところで動きを止めた。そして、眉根を寄せた顔を藤十に向ける。

「……いや、ちょっと待てよ」

「はっ……？」

「おまえの話の中に、細工所方同心と出てきたな」

「はあ、それが何か？」

「細工所方となれば、作事奉行の支配下か。それにしても菜種油だけで二千両とは大きな商いだな」

「はい、そのようでして……」

勝清は、腕を組んで思考に耽《ふけ》っている。何か思いあたることがあるのか、長い間合いであった。

「親父様、何か……？」

「いや、そんな話があったかなあ？　そうだ、藤十。おまえが事件の探索に関わっているのだから、わしも調べてみよう。何かあったら知らせてくれ。藤十、しっかりとやれよ」

藤十は幕府の最高権力者がうしろ盾についてくれることで、気持ちに弾みがつくようであった。

すでに勝清は帰り仕度をして身なりを整えている。

老中にとってわずかな安息のひとときであった。

「それでは、わしはもう行かねばならん。お志摩、体を厭《いと》えよ。藤十もな……」

板倉佐渡守勝清はそう言い残して、妾宅を去っていった。

父親のいなくなったあと、藤十は寝転びながら、考えをなぞってみた。吹き込む風がやけに心地よい。藤十の思考はやがて、まどろみに変わった。

数刻が経った。藤十がふと目を覚ますと、体には薄べりの蒲団が被せられていた。

「いけねえ、寝ちまった」

陽は西に傾きかけているようだ。赤みがかった光が、部屋の奥まで射し込んできている。庭の柿の木に止まっているのか、近くで蜩《ひぐらし》の鳴く声が聞こえる。秋の訪れを感じさせる音であった。

「早く帰んなきゃ。おふくろ、また来るわ」

藤十は立ち上がると、着崩れを直し足力杖を肩に担いだ。

「気をつけてお帰り。今度来るときは、お金を返すつもりで来るんだよ」

「分かってるって。野暮なことは言いっこなしだ」

「まったく、人から金を借りておいて生意気なんだから」

口とは裏腹に目を細めるお志摩であった。

六

暮六ツ過ぎに、住吉町の左兵衛長屋に住む藤十の宿に、喜三郎が訪れた。鹿の屋で落ち合えば呑みすぎてしまうので、話は藤十のところですることにした。

土間の三和土《たたき》では佐七の飼うみはりが、茶碗に首をつっ込み、がつがつと餌《えさ》を食っている。喜三郎は、餌を食うみはりの頭をなでながら顔を座敷に向けた。座敷では藤十と佐七が酒を酌み交わしている。

「佐七、きのうはご苦労だったな」

「いや、とんでもございやせん。こちらこそ、馳走になって」

上がり込む喜三郎に向けて、藤十が話しかけた。

「どうだい、何か分かったかい？」

腰から刀を抜き、坐る早々喜三郎が話しはじめた。

「調べてみたが、箱崎に『みなと屋』という廻船問屋はなかったが、佐七が言っていた、一月前に主が自害した廻船問屋は稲戸《いなと》屋といって、死んだ主の名は徳兵衛《とくべえ》といった。齢は四十という若さだったらしい」

「そうか、『みなと屋』ではなくて『稲戸屋』ってのか」

「ああ、どうやら番頭の弥助さんが聞き違えていたようだな」

「そういえば、音が似てますね」

佐七が横から相槌を打った。

「それでその稲戸屋だが、徳兵衛さんが死んで半月ほどで代が替わったってことだ。どこかが抜き打ちで奉公人ごと買い取ったらしい」

「たった半月で、店を買い取ったというのかい。どこだそれは？」

「それはこれから調べるところだ。まあ、すぐに分かるだろうよ」

稲戸屋の主徳兵衛は四十がらみの齢。お春が言っていた、三月以上前に河内屋作兵衛を訪ねてきた大店の主とも結びつく。

――調べてみる値打ちがある。

藤十は、とりあえずの手がかりを箱崎の廻船問屋『稲戸屋』に絞った。

「佐七、あしたから庭いじりを休んで、動いちゃくれないか。とりあえず、三日ほど閑《ひま》をもらおうか。あした俺も一緒に行って親方に話《なし》をつけておく」

しばらく考えていた藤十が、佐七に向いて言った。

「へい、そりゃありがてえことで」

しばらくは毛虫から離れられると、佐七の喜ぶ顔がそこにあった。

翌七日、佐七は庭師植松の親方源次郎の許しをもらい、朝から藤十と一緒に箱崎の廻船問屋稲戸屋を探ることになった。

狙いは一つ。河内屋を訪れた、五十歳を過ぎたあたりで小太りの、髷に白髪の混じる番頭がいるかどうか。

まずは藤十が店内に入り、探りを入れた。佐七は離れたところで藤十を待った。

「……帳場にはいないようだな」

藤十は小さく呟きながら、店内をぐるりと見回す。十四、五歳になる小僧一人しかいない。背中を向けている小僧に、藤十が声をかけた。

「ちょっと訊きたいんだが」

振り向いた小僧は、藤十の仕事着を見て驚いた顔をしている。

「はい、どのようなことでございましょうか？」

「ここに、五十くらいになる番頭さんはいないかな？　そう、小太りで髷に白髪の混じった……」

藤十はなるべくやさしげな声を出して訊いた。藤十が河内屋で見かけた男の様相をそのまま話すと、小僧に反応があった。

「はい。その番頭でしたら、島吉《しまきち》と申します」

上役でも敬称をつけない呼び方に、藤十は躾《しつけ》のよさを感じた。

「今、船着場におりますが、呼んでまいりましょうか？」

「いや、いるのならいいんだ。たいしたことじゃないから、俺が来たことは言わなくてもいいよ」

「はい、分かりました」

子供は素直なところが都合いい。

「ところでこの店は、前の旦那様が亡くなって主が替わったと聞いたのだが、奉公人は替わってないのかい？」

「はい。主人だけが替わり、奉公人一同はそのまま引き継いでやっております」

しっかりとしたもの言いの小僧であった。

「ご家族はどうした。元旦那様のお内儀さんとか、子供さんは……？」

「はい。五歳になる男の子が一人おりますが、どちらかに越していきました。さて、どこに行ったかはぞんじあげません」

言って小僧はうな垂れた。不憫《ふびん》を感じたのだろう、鼻をすする音が聞こえる。

小僧を呼ぶ声が遠くからした。もう行きませんと、と言い残し小僧は去っていった。店先には、藤十以外誰もいなくなった。

「……子供ごと追い出されたのか。気の毒になあ」

呟いたところで、三十歳がらみの手代が奥と帳場を仕切る暖簾を分けて、店先に姿を現した。土間に立っている藤十の姿を見て、眉根を寄せる。

「……何か、ご用件でも」

「足踏み按摩をする者で、旦那様のお体の療治にいかがかと……」

ここでは島吉への聞き込みを思いとどまり、藤十はもの売りを装った。

「いや、今は間にあっています」

取り次ぐこともなく、手代の口はぞんざいであった。

「お忙しいところ……」

藤十は、頭を下げて店の外に出た。

「佐七、船着場に行ってみよう」

船着場は、店の裏手にある。新堀川の桟橋には、敷長六間ほどある大型の荷船が三艘泊まっている。幾人もの船人足が、忙しく荷の積み下ろしをしていた。

「ぐずぐずするんじゃねえ！」

人足頭の声が、遠くまで届く。

台帳をもって、品改めをしている男が、河内屋の廊下ですれちがった番頭の島吉であった。

「あの男に間違いない。あの番頭は島吉というそうだ。これからは佐七、おめえの出番だ」

島吉がこれから先どんな動きをするのか、それを探ろうと昨夜三人で考えた。

佐七が自由に動ける三日の間に何もなければ、そのときはそのときだと。

「あの男から目を離すな。それじゃ俺は行くから、気をつけてな」

佐七はみはりを連れていくかどうか考えたが、犬連れではむしろ目立つと思い、その日は長屋に置いておくことにした。

佐七は、目立たぬ千本縞の着流しで通行人を装い、稲戸屋の周りをぶらぶらとしながら内なり外なりに目を向ける。変わったことといえば、夕七ツごろ願人《がんにん》坊主が門づけで訪れて島吉が応対した。それ以外は島吉に動きのないうち、日が暮れようとしていた。

暮六ツの鐘が鳴ってから半刻ほどして、喜三郎が藤十の宿にやってきた。三和土で寝ていたみはりが首をあげ、鼻を鳴らした。だが、佐七でないことを知ると再び土間で丸くなった。

「遅かったな、いかりや。やはり河内屋さんで見た男は、稲戸屋の番頭だった。それで、佐七を張り込ませている。番頭の名は島吉といって先代からずっといついている古株だ。あの男が鍵を握ってるとみていいだろう。佐七が何かをつかんでくりゃいいんだが……」

框《かまち》に足をかける喜三郎に向けて、待ちわびたように藤十が声をかけた。

「そうかい。それで、佐七はまだ戻ってねえのかい？」

「ああ、まだだ」

「こんなに遅いんじゃ、何か動きがあったのかもしれねえな」

「うん、早く話が聞きたいもんだ」

喜三郎は坐ると同時に口に出した。

「そうだ、佐七を待っちゃいられねえ。実は、稲戸屋の件だがな、買い取ったのは森田町の札差《ふださし》『鹿島屋《かしまや》』であることが分かった」

札差鹿島屋の屋号は藤十も知っている。主の名は七郎《しちろう》右衛門《えもん》といい、藤十が客にしたい一人であった。

「鹿島屋っていえば、蔵前でも五本の指に入る札差だぜ。札差がなんで廻船問屋を……？」

「そりゃ、商人の欲ずっぽよ。銭儲けに奔《はし》るってのは、際限のねえものだ」

「人間の欲ってのは、底なしだからな。そうかい……」

相槌を打ちながら藤十は、札差鹿島屋七郎右衛門の名を頭の中に入れた。

それから半刻ほど経って、佐七が帰ってきた。みはりが喜んで足元でじゃれつく。

「ご苦労だったな。めしは食ったのか？」

早く話を聞きたい藤十であったが、まずは佐七の労をねぎらった。

「へえ……」

口ごもるところをみるとまだのようだ。

「だったら、上がって一杯やれ。食うもんもあるし……呑みながら話を聞こうじゃないか」

「はぁ、ありがとうございやす」

野郎言葉が上ずっているうえ、いつもの元気がない。しかも、さかんに首のうしろに手をやっている。

「どうしたい、なんかあったのか？」

「面目《めんぼく》ねえ、しくじっちまいやした」

「何があったというんだ。先に謝られても、怒りようがねえ。詳しく話したあとで、詫《わ》びは入れてくれねえかい。まあ、とりあえず一杯やれ」

佐七は、藤十の気遣いを拒んで成り行きを話しはじめた。

七

「あたりはうすっ暗くなり、きょうはもう何にもねえだろうと思った矢先、番頭の島吉に動きがありやした。暮六ツの鐘が鳴り終わったあたりでしたか、店の切り戸が開いて出てきやした。むろん一人で、灯りはもっていやせん。箱崎から、思案《しあん》橋で東堀留川を渡って……」

佐七が、島吉のあとを追う。

川幅三十間の日本橋川沿いを、島吉は魚河岸に向かって歩く。佐七は、来た道を引き返す格好であとをつけた。

西堀川に架かる荒布橋、通称助六《すけろく》橋を渡ると、左手には日本橋川に架かる江戸橋が見える。右手一帯が本船町などの町組からなる魚河岸であった。河岸には荷揚げをするための桟橋が、川沿いを伝う。朝は曳《ひ》き荷で忙しく、棒手振《ぼてふ》りたちの喧騒でにぎやかなところである。だが、夕暮れどきは寝静まったように森閑としている。そんな静けさの中を、つかず離れず、佐七は島吉のあとを追った。

しばらく堤を歩くと、橋幅四間、橋長三十七間の弓形木橋でできている日本橋の袂に出た。五街道の基点となるところである。

島吉は、日本橋の目抜き通りに出ると橋を渡らず、北に方向を変えた。室町一丁目、二丁目と歩き、三丁目に入る手前の通りを、さらに右に曲がった。

徐々に夜の暗さが忍び寄る。西の空に浮かんだ上弦の月が、目立つ輝きとなってきた。

目抜き通り沿いの大店は、どの店もすでに大戸が閉まっている。それでも佐七は、多少暗くなろうが、難なくあとをつけられるのが強みだ。

日本橋通りから一町ほど入った、瀬戸物《せともの》町で島吉の歩みは止まった。名前の由来のとおり、この町には瀬戸物を扱う問屋が何軒も軒を並べる。島吉は、その中ほどにある一軒の店先に立つと、大戸を叩いた。中で待つ者がいたのか、すぐに切り戸が開いて島吉は入っていった。

そこまで見届けてから、佐七は店に近づいた。看板が下がっていたが、四角い字なので佐七には判読できない。

都合よく斜め向かいに、煮売り茶屋があった。佐七は縄暖簾を手で払い、中に入ると格子がはまる窓際に席をとった。その席からは向かいの店がよく見渡せる。

「お客さん、何にしましょうか？」

そう言って注文を取りに来たのは、お律と同じ年ごろの娘であった。

椅子に腰かけ落ち着くと、佐七は空腹をおぼえた。丼物を頼もうと思ったが、どのくらい居座るか分からない。食い終わったら、席を立たなくてはならないとの遠慮がいって、酒を注文することにした。

「酒。冷でいいや……。それと、何か腹に溜まるものを、肴《さかな》にしてくれねえかい」

「はい、かしこまりました」

盆を抱えて、去ろうとする娘に佐七は声をかけた。

「ちょっと訊きてえんだが……」

「はい、何か？」

「向かいの、あのお店はなんという屋号だい？」

佐七は、視線で店の方向を指した。

「ああ、あのお店は瀬戸物問屋さんですよ。名前は『多治見屋《たじみや》』さんといいます。尾張は瀬戸、美濃は多治見で焼かれた陶器を主に扱っているみたいですよ」

娘は、佐七の面相のよさに惹かれたのか、尋ねていないことまで話してくれた。

「そうかい。……ああ、呼び止めてすまねえ。ありがとよ」

「どういたしまして」

娘にもう少しつっ込んで訊きたかったが、不審に思われてはとの思いが口を止めた。

鰯《いわし》の丸干しを口にした瞬間であった。多治見屋の切り戸が開いて、店内の灯りが表に漏れる。注文した酒と肴が配膳されたばかりであった。

「うっ、いけねえ。おい、すまねえが急用を思い出した。勘定してくんな」

丸干しを口に咥《くわ》え、佐七は奥に声を投げた。

横目で島吉を追うと、大通りとは逆の方向に足を向けている。

「はい、五十文いただきます」

ほとんど手つかずの酒と肴を見ながら、娘が首をかしげて値を言った。

佐七は、巾着の中から小粒を一つ取り出して、卓の上に置いた。小粒銀一つで、およそ八十文の価値となろうか。

「釣りはいらね……」

歯の隙間に刺さった鰯の小骨を指で抜き取りながら、佐七は島吉のうしろ姿を追った。つきあたりは西堀留川である。魚河岸の北側にあたり、川堀が入り組むように奔《はし》る。

島吉は堀につきあたると、左に曲がった。

「……今夜は明るい」

佐七は、夜空に浮かんだ上弦の月を見て呟いた。半分ほど欠けてはいるが、それだけの明かりがあれば、佐七は昼間の感覚で歩くことができる。

堀留町をつっきり大伝馬《おおてんま》町一丁目に差しかかったところで、島吉は急に通りを右に曲がった。佐七は五間ほど間をあけて島吉を追っている。急ぎあとを追い、伝馬町の角まで来ると島吉の影は消えていた。

「いけねえ！」

島吉を見失った佐七は、思わず声を漏らした。

辻角に、夜鳴き蕎麦屋が屋台を出している。

「今来た男なら、三軒目の店に入っていったよ。備後《びんご》屋という畳表の問屋だ」

そう言って佐七に声をかけたのは、屋台蕎麦屋のおやじであった。佐七が、島吉のあとを追いかけている気配が伝わったのだろう。

「おやじさん、すまねえ。ちょうどいいや、腹をすかしてるんで何か食わしてくれねえかい」

佐七は、三軒先の畳問屋を見つめながら、屋台のおやじに蕎麦を注文した。

「へい、ありがとうござえやす」

佐七はおやじに背を向け、店を見張る。

佐七の背中で、蕎麦の湯切りをする音が聞こえた。

「へい、おまちど……」

と、おやじの声がしたと同時に、備後屋の切り戸が開いた。

「おやじさん、すまねえ。蕎麦を食う暇がなくなった。わるいが勘定してくれねえかい」

「食わねえのなら、お代はいらねえよ」

「言い合ってる暇もねえ、ここに置くよ」

佐七は、そう言うと小粒銀を一粒、飯台の上に転がした。

「こんなにはいらね……」

おやじの声を背中に聞いて、佐七は備後屋から出てきた島吉を再び追いはじめた。

この先を進むと、浜町堀を越えて馬喰町にあたる。一帯には旅籠が軒を連ねる。ふと、佐七は先日馬喰町であった、同宿者殺しの事件を思い出していた。あのことがなければ、ここで島吉を追っかけていることもなかったのだろう。島吉を遠めに見つめながら、そんな感慨が佐七の頭の中を横切っていた。

島吉は早足である。

「……おっといけねえ。余計なことを考えていると、また見失っちまう」

島吉に目をやりながら、佐七は呟いた。差が十間ほどに開いていた。畳問屋から借りたのか、島吉の手には提灯がぶら下がっている。

島吉は、浜町堀を渡るとすぐに右に曲がり堀沿いを進んだ。まっすぐに行くと、浜町河岸から大川にあたる。

藤十と出合った小川橋をやり過ごし、高塀が目立つ場所に島吉はやってきた。周辺は旗本の武家屋敷が並ぶ。堀の両岸は浜町河岸といわれるところである。

大川から二町手前の組合橋《くみあい》に来たところで、島吉は道を曲がった。そのままいけば、新大橋を渡ることになる。どうやら島吉は本所深川に用事があるらしい。案の定、島吉は橋長およそ百間の木橋に足をかけた。

あとを追う佐七に、あたりの景色を眺める余裕はない。

新大橋を渡り、非常時用に米を備えておく御籾蔵《おもみぐら》につきあたった島吉は、右に折れ、深川元町のつきあたりをさらに左に曲がった。そこまでは、島吉の姿をたしかめることができた。だが、佐七は深川元町を曲がろうとしたところで、居酒屋から出てきた酔っぱらいとぶつかってしまった。三人に囲まれ、佐七は身動きが取れない。酔っているだけに、相手は絡んでくる。ここはひたすら謝り、ようやく佐七は解放された。

真っ直ぐ延びた道に出たが、島吉はもういない。佐七は、六間堀に架かる猿子《さるこ》橋まで来てあたりを見回したが、島吉の姿を見つけることはできなかった。

「……ということで、しくじっちまいやした。とんだどじを踏んでしまい、面目ねえ」

「いや、何も謝ることはねえ、よくあることだ」

喜三郎が、長い顔を差し出しながら佐七を慰めた。

「そのほかに、何か変わったことはなかったか？」

藤十が、佐七のしくじりを咎めることなく訊いた。

佐七は、遠くを見る目つきをして考える。

「……そういえば」

「そういえばどうしたい？」

喜三郎が顔を突き出し訊く。

「そういえば、稲戸屋の店先に変な坊主がきてやした。そう、七ツごろでしたかねえ、六尺ほどの上背がある、でかいなりの願人坊主でした」

「願人坊主なんて、そんなのはどこにでもいるだろう。門づけかなんかしてたのだろ」

「そう思って、気にもしてなかったのですが、それが、島吉に何かを渡したみてえな……」

「何を？」

喜三郎が、気色《けしき》ばんで訊いた。

「書付けみてえなものでした」

「……願人坊主がか？」

藤十が呟いた。

第三章　偽《いつわ》りの商談

一

七月八日の朝は晴れ渡っていた。季節は秋といっても陽光はまだ厳しく地上を照らす。それでも、そよぐ風はいくぶん涼しくなってきている。暑さも峠を越えた気配を人々が感じる季節であった。

四ツの鐘を聞いて、藤十と佐七はみはりを連れて、住吉町の左兵衛長屋をあとにした。きのうの晩、佐七が島吉のあとをつけていった道を、辿ろうとのことであった。住吉町と浜町河岸はいくらも離れていない。小川橋を渡り、つきあたりを右に曲がった堀沿いが浜町河岸である。

夏草の生い茂る浜町堀の両岸には、枝垂《しだ》れ柳が大川端まで並木となってつづき、夏風にそよいでその細長い葉を揺らしている。葉のこすれる音が、涼味をともなって二人の耳に届いてきた。

「いくぶん涼しくなったな？　秋も近くに来てそうだ」

「ええ、そうみたいですね……」

そんな世間話をしながら二人と一匹は、浜町堀は大川への吐き出しから二町ほど手前に架かる組合橋の袂《たもと》へとやってきた。

あたりは二、三千石以上の旗本屋敷が建ち並び、白塀がどこまでもつづいている。

新大橋を渡ろうと、路地を曲がりかけたところでみはりが堀沿いを駆け出した。

「どこに行くんだ、みはり。そっちじゃ……」

佐七は、みはりを呼び戻す声を途中で止めた。

「ちょっと藤十さん……」

佐七は、二町ほど先を見ていた。

大川との合流に架かる川口橋の袂に、人が数人立っているのに気がついた。

「ん……？　何やら人だかりがしているな」

小首をかしげながら、藤十たちは大川端へと向かった。不穏な空気を漂わせている。

人だかりと見えたのは、捕り方役人と、四、五人の野次馬であった。六尺棒をもった番人が町人の立ち入りを規制している。捕り棒に遮られ、野次馬が川端のほうを眺めていた。

堤を下りた大川端の、葦《あし》が途切れたところに筵莫蓙《むしろござ》が敷かれていた。被《かぶ》せられた筵の端からは、人の足首がとび出ている。その周りでは、町方役人と岡っ引が腰を落とし、顔をそむけながら手で莚を剝《は》ぐと屍《しかばね》の検視をはじめた。直接手に触れるのはいやなのであろう。十手の先を駆使して、横着そうに骸《むくろ》を調べまわしている。

羽織の背中につく家紋は丸に揚羽蝶であった。

みはりが、検視役人に近づくと一声吠えた。驚いたように同心が振り返る。

「なんだ、みはり。こんなところで……」

「……碇谷の旦那」

町方役人に遮られていた佐七が、喜三郎に向けて小さく声を投げた。

「あっ、おめえたちか……ちょうどよかった。おい、通してやれ」

喜三郎が顔を小さく振って、ちょいと来いという仕草を藤十に向けた。

大川端には松や桜、そして欅《けやき》などの大木が立ち並ぶ。喜三郎が木蔭に藤十と佐七を導いた。

「何があったんで？」

藤十が急かすように、喜三郎に訊いた。

「河内屋の作兵衛さんとおんなじだ」

喜三郎が、声を押し殺して言った。

「えっ、なんだって？」

藤十の声に、捕り方役人が振り向いた。

「声が、でけえ」

やはり着姿は大店の主が着るような、夏向きの単衣に薄手の羽織を被せている。羽織の背中が袈裟《けさ》懸けに斬られ、一刀両断であるところは作兵衛と同じである。

「傷口から見て、明け六ツごろだろうなあ、殺《や》られたのは」

昼間でも、ほとんど人通りのないところである。明け六ツならばなおさらで、目撃した者を探すのは厄介そうな現場であった。

大川の対岸には、小名木川に架かる万年橋がよく見えた。その袂で河内屋の作兵衛は殺されている。

「仏さんは、こんなものまでもっていたぜ」

喜三郎は三つに折られた書面を、そっと藤十に見せた。五百両と額が書かれた受取証であった。差出人は記してなく、宛名は多治見屋殿と書かれてある。多治見屋は五百両を払った上に、やはり殺されてしまった。

「なんですって？」

多治見屋と聞いて、佐七の目が光った。

のぞき込むように書付けを見ると、昨夜見た看板の屋号と同じ文字が書いてある。

「……きのう佐七が行った瀬戸物問屋か」

「となると、あとは畳問屋か」

藤十の呟きに、喜三郎が言葉を重ねた。


三人の頭の中では、稲戸屋と河内屋作兵衛の関わりがはっきりと結びついている。ここで瀬戸物問屋の多治見屋につながり、そしてもう一軒は備後屋。

昨夜島吉が立ち寄ったところである。藤十の呟きに、喜三郎と佐七が小さくうなずいた。

「おめえたち、あっちのほうでちょいと待っててくれねえかい」

藤十と佐七は、一町ほど離れた松の木蔭で喜三郎を待つことにした。

「島吉のきのうの行き先が、どうやら鍵を握っているみたいだな」

藤十の言葉を、冷や汗が出る思いで佐七は聞いた。

――くそ、あんとき島吉を見失わなければ……。

悔恨の思いにかられる佐七であった。

油問屋、瀬戸物問屋、畳問屋、廻船問屋、札差、細工所方、上方、五百両の受取証。

これらの言葉が、藤十の頭の中を駆け巡る。だが、手引く言葉はこれだけではないような気がした。

「……まだまだ何かが」

藤十が考えていたところで、声がかかった。

「でかい事件になったなあ」

振り向くと、検視を済ませた喜三郎が立っている。

「待たせて悪かったな」

「もう済んだのかい？」

「ああ、仏さんは今富沢《とみざわ》町の番屋に運んだところだ。岡っ引には、近所をあたれと指示を出してきた。どうせ役に立たねえ奴らだ。みはりのほうがよっぽどましだぜ」

喜三郎が、愚痴《ぐち》を吐いてから話をつづけた。

「それでだ、これから一緒に行ってくれねえかい?」

「多治見屋さんにか?」

「そうだ。それと、畳問屋だ。一度ばらばらになったら、寄り合うのが難儀だ。聞き込んでから、この先のことを考えようぜ。ここからだと、畳問屋を先に寄ろう」

「多治見屋に先に知らせなくていいのかい?」

「四半刻と変わりはしねえ。それよりか、畳問屋にひとこと言っておきてえことがある」

「よし、急ごうぜ」

三人と一匹は浜町河岸に沿って、真っ直ぐ北へと急ぎ足を向けた。

二

備後屋に入るのは、同心である喜三郎の役目であった。

藤十と佐七、そしてみはりは伝馬町の辻で待った。そこから伝馬町牢屋敷の高塀が見える。

「あそこに入らないで、よかったなあ。佐七」

藤十の軽口に、佐七は端整な顔を歪《ゆが》めた。

「冗談じゃありやせんぜ」

喜三郎が入った備後屋の店先には、薦《こも》に包まれ縦横五本の荒縄で固く結われた、畳表の四角い俵《たわら》が堆《うずたか》く積まれていた。一俵が五十畳分の束である。

「ごめんよ、ご主人はいるかい？」

喜三郎は、畳表の独特な香りを嗅ぎながら、帳場で大福帳を見つめている番頭らしき男に声をかけた。

「少々お待ちを……」

番頭が主を呼びに行っている間、喜三郎は、一俵ごとに産地の刻印が押されている俵の山に目を向けていた。

「私が主の長次郎《ちようじろう》でございますが……」

役人がここに何用で、と心配顔をしている。店先で喜三郎は、備後屋の主である長次郎と相対した。

世間話を少しして、昨夜の話となった。

「ご主人は稲戸屋っていう廻船問屋をぞんじませんかね？」

「いっ、いえ」

長次郎は屋号を聞いて、一瞬目が開いたがすぐにその表情を元のものへと戻した。

「そうか、知らねえってんだな。ならいいや。それできのうの晩、だれか訪ねてきやせんでしたかい？」

「いいえ、手前はきのうの晩は出かけていたものですから分かりません。そうだ、番頭さんは知っているかい？」

長次郎は、帳場で算盤《そろばん》を弾《はじ》く番頭に訊いた。

「はい。旦那様はいるかと言って入ってきましたが、いないと返しますとすぐに立ち去って行きました。そうだ、そのお方はたしか七月二日にも来られましたようで……」

「なぜそれを黙っていた？」

「どなたですかと訊いても名乗らないものですから、つい言いそびれていました。それと、てっきり物売りの類《たぐい》と思ってましたし、余計なことかと思いまして。申しわけございません」

番頭の頭が下がるのを見て、喜三郎が話のつづきに入った。

「実はその男、稲戸屋の番頭で島吉ってんですがね。名前を聞いても思い出しませんかい？」

「いや……」

長次郎の表情で、何か隠しているのが分かる。それだけ分かればここはいい。これ以上無理に詮索しても口にしないであろう。ならば、多治見屋のほうが先だ。

もう少し調べが進んでから聞き込みに来ようと、喜三郎は框に坐る腰を浮かした。

「またあとで来るが、隠し立てするとためにならねえぜ」

長次郎を睨《にら》むように見つめると、一言置いて喜三郎は店の外へと出た。

備後屋をあとにして、一行は日本橋瀬戸物町の多治見屋へと向かった。

「どうだった、備後屋さんは？」

藤十が訊くものの、喜三郎は足を急がせる。

「ああ、何かを知ってるようだが、調べはあと回しにした。多治見屋さんのほうを調べてから話を一緒にしたほうがいい」

そこからは無言となって、三人の脚が速くなった。

藤十と佐七は、斜め向かいの煮売り茶屋で、喜三郎が来るのを待つ。

昨夜いた娘が、佐七を見て驚いた顔をしている。佐七の面相に再びお目にかかれた喜びが、満面に表れていた。

「いらっしゃいませ。きのうはどうも……」

二人は、多治見屋の様子がよく見える格子窓の際に席を取った。みはりは外でぶらぶらしている。

間口五間の軒下に、布丈一尺二寸、白地の水引き暖簾が連なる。三枚飛ばしで鉤《かぎ》に『多』の字の商標が、紅がくすんだ弁柄《べんがら》色で染められている。店の出入り口は長暖簾で仕切られ、『瀬戸物問屋』の文字が同色の地に白く抜かれていた。

喜三郎は長暖簾を掻き分け店に入ると、近くにいた手代に声をかけた。

「お内儀さんはいるかい？　いたら呼んできてくれねえかい」

手代が、喜三郎の用件を伝えに奥に入ると、すぐに四十歳手前の女が、店と奥を仕切る暖簾をくぐって店先に現れた。そして、框に正座して喜三郎と相対する。

「はじめまして、私は当主木左衛門《きざえもん》の女房みつと申します。ところでお役人様が、何かご用事で……？」

同心には用がないといった顔で、喜三郎を見やる。

「ご主人の名は木左衛門さんというのかい？」

「はい、そうです」

「ご主人はどこに行ったたい？」

喜三郎は、大川端の一件には触れずに訊いた。

「主に何か……？」

「いいから、今の問いかけに答えちゃくれねえかい」

「はい、どこに行ったかはぞんじておりません」

「そうかい。……それで、いつごろ出ていったい？」

「はい。それが今朝早く、暗いうちに出かけたみたいです。私が起きたらもうおりませんでした」

喜三郎は、ここで島吉のことを訊いた。

「きのうの晩、そう六ツ半ごろかなあ、誰か訪ねてこなかったかい？」

「きのうの晩……？」

おみつは宙を見据えてまばたきをすると、その目を喜三郎に向けた。

「はい。そのころ稲戸屋の番頭さんて方がお見えになりました」

「そのときのご主人と稲戸屋とのやり取りを、お内儀は聞いてなかったかい？」

「いえ、でも何か書付けのようなものを渡されておりました。それからは、人払いをさせられましたので。ですが……」

「……ですが？」

「お客さんが帰ったあと、主の機嫌のいいこと。久しぶりに見ました、あんな晴れ晴れとした顔を……」

「よろしいですか？」

口を挟んだのは、三十歳前後の手代であった。

「その方でしたら、七月二日にも来まして『主は七日の夕方まで留守です』と告げると、『また来ます』と言って帰っていかれました」

「七月二日……それは、たしかかい？」

今しがた、備後屋で聞いてきたばかりである。

「はい……それが何か？」

「いや、なんでもねえ」

――これで三軒の問屋、すべて島吉で結びついたと裏づけが取れたな。

得心した喜三郎が、小さくうなずく。

「それで、これまでご主人に変わったことはなかったかい？」

今まで、主の様子におかしなところはなかったと、おみつと奉公人たちは口をそろえたように言った。

ここでも主人の木左衛門が、河内屋作兵衛と同じように家人、奉公人には取引きを内密にしていたことがうかがえる。

喜三郎はそこまでをたしかめてから、木左衛門殺害事件のことを告げた。

「お内儀、驚かねえでおくんなさいよ」

喜三郎が大川端の一件を語ると、おみつの顔に血の気がなくなった。顔色が青みから蒼白へと変わる。

「……ということで、ご主人かどうか、たしかめてはくれねえかい。今、亡骸は富沢町の番屋にある。これから行くかい？」

「はい……」

返事をしたきり、おみつは腰を抜かしたのか、しばらくの間、立つことができないでいた。そのあとは何を訊いてもただ首を振るばかりである。

富沢町の番屋は、藤十たちが住む住吉町の近くにあった。

おみつと手代が立ち会うという。

喜三郎は、斜向かいで待つ藤十と佐七を先に歩かせ、左兵衛長屋で待たせることにした。

三

「大変なことになりやしたねえ、藤十さん。きのうどじさえ踏まなければ……」

「しょうがねえよ。気にするんじゃねえ」

藤十の宿で、二人は喜三郎の来るのを四半刻ほど待った。

昼も幾分過ぎたところで、玄関の腰高障子が乱暴に開いた。

「待たせて悪かった」

雪駄を脱ぐのももどかしく、喜三郎が上がり框に脚をかけた。片足の雪駄が足にくっつき、そのまま畳を踏んだ。

「おい、草履ぐれえ脱いで上がってくれねえかい」

「ああ、すまねえ」

喜三郎が雪駄を三和土に放り投げた。それが、みはりの頭にぶつかったのか、犬の鳴く声がした。

「まず、殺されていたのは多治見屋木左衛門に間違いがなかった。それと、畳問屋の長次郎は何かを隠しているようだぜ。もっと何かが分かったところで、また聞き込みに行こうと思ってる」

そのあと喜三郎は、二軒の問屋で聞き出してきたことを語った。

「どうやらどこの主人も、家人、奉公人には黙って何かをしてたみてえだな」

「そうかい、俺のほうも……」

油問屋、瀬戸物問屋、畳問屋、廻船問屋、札差、細工所方、上方、五百両の受取証と書き留めておいた紙を前に差し出した。

「これが当面の鍵となる言葉だ。まだまだ、これに何かが加わってくるかもしれない」

「これはなんと書いてあるんで？」

佐七が首を捻りながら書面を見ている。

字の読めない佐七を笑うことなく、藤十は声を出して読んだ。

「それにつけ足してくれねえかい、願人坊主と島吉って」

喜三郎が書面を見ながら言った。

藤十が矢立てをもってくると、言われたとおりに書き加えた。

「こうとなったら島吉をしょっ引いて、吐かせるしかねえな」

喜三郎が意気込んで言った。

「ちょっと待て、いかりや。どうやらここにはもっと大きなものが関わっている。とてつもなくな。よしんば島吉が下手人の一味だとしても、たいした役どころではねえだろう。かえって本筋に警戒されるのが落ちだぜ」

「どうしてそう思うんだ、藤十は？」

「河内屋の作兵衛さんと、多治見屋の木左衛門さんていったっけ、その殺され方をみてみろよ。二人とも、背中を一刀両断じゃねえか。しかも、五百両ってすげえ額の受取証をもっていた。かわいそうに、金を取られた上に殺されちまった。……いや待てよ」

語りながら藤十は何かに気がついたようだ。再び紙面に目が向く。

「細工所方……」

「細工所方がどうしたい？」

「いや、考えてるんだから話しかけるな」

作兵衛が携わっていた取引きの相手は相当高貴なところとみえる。そこに納める品物は盗まれたのか。だとすると、多治見屋も備後屋も……。

そんな考えが、藤十の頭の中をよぎっていた。

「……そうか」

藤十はきのう、父である老中板倉勝清の話を思い返していた。

『――細工所方となれば、作事奉行の支配下か』

これは、河内屋の番頭、弥助も言っていたことである。

藤十は書面に『作事奉行』とつけ加えた。

「作事奉行……なんだこれは？　だいぶお偉いところになってきやがったな」

喜三郎が首を傾げて言った。

「いや、まだなんとも言えないが、一応書き留めただけだ。たとえば、このあたりを相手にしての大商いだとしたら得心がいく。ただ一つ気になるのは、なぜにみな誰にも黙っていたのかってことだ」

「そうだなあ」

同じことを考えているのか、喜三郎が渋面をつくって相槌をうった。

「商いの筋立てがどうなっているかだ。こうなったら、あと一人残った畳問屋の長次郎さんに話を詳しく訊く以外にないな。そうだ、早くしないと……」

消されてしまうとの言葉を藤十は呑んだ。

「長次郎さんはなにもかも知っていながらも白を切っていたんで、また訊きに来ると言っておいた」

言うが早いか喜三郎は銘刀一竿子をつかんで、立ち上がろうとした。

「いや、いかりやは行かないほうがいい」

「なぜでい？」

「周りにどんな目があるかもしれない。そこに町方役人が行ったとあっちゃ危なさが余計に増すってもんだ。ここは俺に任せねえか？　按摩仕事で入っていける」

「それもそうだな。だったら……だけどさっき俺は行っちまったぜ」

「それはしょうがねえだろう。あんときはそこまで考えがおよんでいなかった」

とりあえずここは、藤十一人で伝馬町にある備後屋長次郎をあたることにした。喜三郎は調べごとがあるので、一度奉行所に戻ると言った。そして佐七は、廻船問屋の稲戸屋で島吉の動向を見張る。

暮六ツにここで会おうということになって、三人は藤十の宿をあとにした。


い草で織った畳の匂いを鼻に吸い込ませながら、藤十は備後屋の店先に立った。畳表をくるんだ藁《わら》をめくり、番頭らしき男が品定めをしている。店の中にいる奉公人はその男一人だけであった。

「八代《やつしろ》特二、十俵……」

などと言って、帳面に書き込んでいる。番頭らしき男が次の俵に手を伸ばそうとしたところで、藤十がいることに気がついた。

「いらっしゃいませ。どちらさまで？」

畳職人の形《なり》ではない。あきらかに商いとは異なる姿に、番頭らしき男の訝しげな目が向いた。

「申しわけありません。お忙しいようなので、声をかけずにおりました。手前、藤十と申します。ご主人の長次郎さんに折り入って話があってまいりました。ご在宅でしたら、お取り次ぎを願いたいのですが」

藤十は丁重な物腰で言った。

足力杖を担ぎ、櫨染《はじぞめ》の着物を着た派手な形である。その挨拶だけでは、番頭らしき男の首は縦に振れなかった。

「どんなご用件でしょうか？」

こう訊かれることは分かっている。そこで藤十は、用意してきた言葉を出すことにした。

「稲戸屋さんが運びました荷物の件で、とおっしゃっていただければ」

多分に藤十の鎌かけであった。

「稲戸屋さん……？　少々お待ちください」

首を傾げながらも、番頭らしき男が奥へと入っていく。問い返さなかったのは、前に来た喜三郎から稲戸屋という屋号を聞いていたからだろう。

番頭らしき男が先に顔を見せた。

「今まいりますので、少々お待ちください」

足音が仕切り暖簾の向こうから伝わってくる。

「手前が主の長次郎だが。あなたかね、藤十さんてのは？」

五十がらみの、色の黒い男が姿を現し、土間に立つ藤十に声をかけた。言葉がぞんざいなのは、藤十の風貌に怪訝な思いが宿るからであろう。

「お初にお目にかかります。手前、藤十と申し、足踏み療治の踏孔を施す者でございます。いや、このたびはそのためにうかがったものではございません。折り入って……」

「ああ、今番頭から聞いた。その、稲戸屋とお前さんとがなんの関わりがあるんだね」

「先ほど町方同心の……」

藤十は喜三郎の名を出し、その代わりで来たと言った。そして、小声で命に関わることだとも添える。

長次郎の黒い顔が、幾分濃くなった。顔色が変わったのが藤十にも分かった。

番頭は話が気になるのか、畳表の品定めをしながらも、顔がたびたびこちらを向く。話し声が届かぬほど離れているものの、この先は人がいては語りづらいことである。

「奥へよろしいでしょうか？」

長次郎は藤十を板間へと上げた。そして先に歩き、仕切り暖簾をくぐる。案内されたのは、八畳ある長次郎の書間であった。

「ここは普段手前が仕事をするところでして、黙って家人は入りませんから安心して話ができます」

藤十に対しての口調が変わっている。大事な話をもたらしてくれる客とみたようだ。

「申しわけありませんが、お茶は……」

人の耳が気になるので、淹《い》れられないと言う。それは藤十も同感で異存がない。

四

さすが畳問屋とあって、敷いてある畳は色がいい。縁《へり》の模様も凝っている。

藤十は、畳の香りを吸い込みながら口を開いた。

「さっそくですが、旦那様は油問屋の河内屋さんと、瀬戸物問屋の多治見屋さんてごぞんじでしょうか？」

「ええ、よくぞんじております」

なぜに知っているのかを訊きたかったが、藤十はあとまわしにすることにした。とりあえずそれだけをたしかめて、話の矛先を変えた。

「あらためてお訊きしますが、旦那様は廻船問屋の稲戸屋はごぞんじですよね。その番頭の島吉という人も」

藤十は念押しのために訊いた。

「えっ、はい」

長次郎は喜三郎には白を切ったが、藤十には素直に答えた。

長次郎の強張った表情から、ことの重みが心にのしかかっているのが、藤十にもはっきりとうかがえた。

「実は、今申しました河内屋さんと多治見屋さんも、その廻船問屋稲戸屋と関わりがございまして、どういうわけだか、そこのご主人が二人とも殺されてしまったのです」

「なんですって？」

さらにどす黒く、長次郎の顔色が変わるのが分かった。

「はい。いずれも稲戸屋の番頭島吉が訪れてきたすぐあとにです。多治見屋さんなどは今朝方のことです」

驚愕で、長次郎の口が塞がらない。それに構わず、藤十はさらに話をつづける。

「今朝ほど来られた定町廻り同心の碇谷喜三郎というのは、手前の古くからの友人でありまして、そんなわけでこの事件の真相を探っているのです。あれから少し分かったことがございまして、今度は、あたくしがまいった次第です。それに、これ以上犠牲者は増やしたくないと」

藤十は暗に長次郎が危険に晒《さら》されていることを言った。その意は長次郎にも通じたようだ。

藤十は、さらに言葉を重ねる。

「実は仲間が昨夜、島吉のあとをつけておりまして、こちらに立ち寄ったことを知りました。それで、碇谷が裏づけを……」

「左様でございましたか」

言いながら長次郎はうな垂れた。

「いったい何がございましたのか、話してはいただけませんでしょうか？」

促しても長次郎の首はただ横に振られるばかりであった。それは、ことの次第を打ち明けたくないのでなく、気の動転が治まらないものと藤十は踏んだ。落ち着くまで、藤十は待つことにした。震えさえ帯びる長次郎に、藤十はさらに言葉を添えた。

「なぜに、こんな男が事件に関わると訝しくお思いでしょうが、殺されました河内屋の作兵衛さんは手前が大変お世話になっているお方でございました。その作兵衛さんや多治見屋の木左衛門さんの意趣を返したいのと、旦那様の命をつけねらう、極悪非道な奴らから護《まも》りたいのです」

言いたいことは言った。あとは長次郎の気持ちがどうなるかである。

しばらくして、長次郎の口から最初に出たのは重いものであった。

「……畳奉行の小宮山平四郎《こみやまへいしろう》」

藤十は初めて聞く名前であった。

「えっ、畳奉行の？」

長次郎の切り出す声が小さく、聞きとれずに藤十は聞き返した。まだ気持ちの中では、話すことへの拒みが残っているようだ。

「今しがた申しましたとおり、これは旦那様の命もかかっております。いや、おそらくそうでありましょう。ですから大事なことなのです。はっきりとおっしゃっていただかないと……」

「申しわけない」

藤十の促しに、長次郎は頭を一つ下げた。

「それは三月半ほど前のことです……」

心持ち大きな声音となった。はっきりと藤十の耳に聞こえる。

「畳奉行の小宮山平四郎様というお方がお見えになりまして、当方に大奥四千畳の畳替え普請《ふしん》の話がもち込まれました」

「えっ、大奥ですか？」

長次郎の口からいきなり大奥と出て、藤十は当惑した。大奥という言葉も初めて耳にする。

「はい、左様です」

ここまで出れば、長次郎の気持ちも据わったようだ。あとの語りが澱《よど》みなく出てくる。

「当方は、畳問屋の規模としては中ほどでございますが……」

高級品である備後表を取り扱っているので、公儀出入りの商店として、末端にその名を連ねていた。

長次郎の口から、畳奉行である小宮山との関わりが詳細に語られる。

「——特別な計らいである。こたびの大奥四千畳の表替えは備後屋に委《ゆだ》ねることとなった」

公儀出入りといえど、備後屋にかつてこれほどの大口注文はない。大概は、瀬戸内屋などの大手三店で、大きな普請は取り扱われていた。

主である長次郎が喜んだのは無理もない。小宮山は、さらに長次郎の心にくすぐりを入れた。

「この普請がそつなく運んだときは、畳問屋の組合長にしてやってもよいぞ。そうなると、幕府御用達《ごようたし》筆頭業者だ」

畳奉行直々のお触れである。長次郎は即座に平伏して、小宮山の指示に従う姿勢を見せた。

「その代わり、これにはいくつかの制約があっての……」

面《おもて》をあげた長次郎の訝しげな顔が、小宮山に向いた。

「いや、制約とは言ったがそんなにたいしたことはないから、安堵いたせ」

一、他言は無用　主一人が、内密で取り計らうこと
一、請求文、受取証の宛処《あてど》は記さぬこと
一、廻船問屋は、箱崎の稲戸屋を使うこと
一、物品買いつけは、指定の産地業者にて取り計らうこと
一、荷は六月朔日《ついたち》、大坂発の菱垣《ひがき》廻船に載せること

以上の制約をつけた。

たいしたことはないといえど、思えば不可解な条件だらけである。

「この取り決めは、いったいなぜにでございましょう」

長次郎の顔が、不安げになった。

当然訊かれるものと、小宮山のほうでは答えを用意してあった。

「訝しがるのは無理からんことだ。これにはいささか仔細があってな。大奥に関わることなので詳しいことは言えぬが、ある御中﨟《ごちゅうろう》様につく侍女《じじょ》がだな、粗相により火事騒ぎを起こしたと思え。御中﨟様といえば、上様のお手つき……というのは知っておるであろう？　畳十枚を焦がしただけのぼやであったが、その侍女のしくじりだ。御中﨟様に累がおよぶと考えた御年寄が、一計を案じた。『――十枚だけ畳が新しいのも、おかしなものだろう。この際すべての表を張替えをなされ』とのお達しが出た。大奥は六千坪もある。まあ、すべてを替えることはないとして、四千畳の張替えの命が下された。そんなわけで内密にというお触れがついたのだ。だからこのことは他言無用ぞ」

中規模の備後屋にとって、大奥のことは雲の上に乗ったような話である。

「ことは秘密裏なので、頼める畳問屋はおぬしのところと見込んだ。どうだ、引き受けてくれるか？」

「それはもう、願ったりで……。ですが、請求文や受取証の宛処を記さないと申しますのは？」

「うむ、元はといえば粗相から出たことだ。宛処を書けばその名が外に知られてしまう。いや、支払いは間違いないから安心いたせ。それどころか喜べ。納めると同時に、金はすぐに支払うとのことだ。こんなにいい商いはないぞ」

畳奉行の小宮山の言うことである。長次郎は面と向かって喜びの表情は隠すものの、心の中では有頂天となっていた。

「ありがたいことでございます。……それで、箱崎の稲戸屋さんと申しますのは？」

「ああ、ここは大奥の品物を一手に扱う廻船問屋だ。さきほど、内密と申したであろう。この廻船問屋だけには事情を話してあるのでな」

長次郎はうなずいて、得心する仕草を見せた。

「それで、畳はどちらから仕入れればよろしいので？」

「大奥の畳は、備後特一しか敷かん。となると、産地問屋は備後福山《ふくやま》の深津《ふかづ》屋だ。取引きはあるか？」

「いえ、ございません。ですが、むろん名前ぐらいは……」

「そうか、知っておるか。さもあろう、ここは、備後でも最上のい草を取り扱うところだ。大奥御用達のな……」

備後には畳荷出し問屋が数多くある。その中でも、深津屋は高級品を扱うことで名が知られていた。

ここの品物なら間違いがないと思ったが、制約があった。初取引きは掛け売りが利かない。備後特一の四千畳だと、仕入れ値は千両ほどになる。納められたと同時に支払わなければならない。とてつもなく高額だ。長次郎の気はそちらに向いて、眉間が寄った。

「何か困ったことでも?」

「ここは、支払いがその場でないと……」

「それはさきほど申したではないか。すぐに支払うとな。公儀の注文書きがあれば交渉できるであろう? そのくらいは書いてつかわす」

幕府の書付けは、手形代わりになるだろう。それさえあれば、交渉に差し支えないと、長次郎は大船に乗った。

「それと、もう一つですが。なぜ六月朔日の菱垣廻船に……?」

「八月までには畳替えを済ませたいからな。そうなると、そのころには品物がほしい。そんなことで、その日大坂出港の船をとっておいた。あとの船出は、半月後になってしまうからな」

さらに小宮山はつけ加える。

「主が出向いて品定めをせねばならんだろう。今から備後におもむき、発注していたらいつになると思う。産地だって、い草を選《よ》り分け織る手間があるだろう。特一は受注してから織りはじめるからな。五枚、十枚の話ではない。品をそろえるまでには二月半はかかるはずだ。それから、大坂へ送り出す。そんなことで、あと三月半しかないぞ。そこから一月、畳替えの手間もかかるでな」

「なるほど、左様でございましたか。ですが……」

「ですがとは、なんだ？　まだ何か不服があるのか」

「不服ではございませんが……」

江戸から備後福山までは、五十歳の足では片道でも一月以上はかかる。それではどだい無理だと長次郎は言った。

「ならば、上方までは戻り廻船で行けばいいだろう。稲戸屋に話はつけておく。それに乗れば、とりあえず上方までは四、五日で着く。そこから、備後までは十日もあれば行けるであろう。そうだ、そうしろ。店の者たちには、お伊勢参りとか申して出かければよい」

「それは大変に助かります」

小宮山から出された条件に憂《うれ》いがあったが、それが取り除かれ、長兵衛の顔は憑《つ》きものが落ちたように晴れやかとなった。

「ならば、稲戸屋の主には当方からも話しておく。あとのやり取りは双方でうまく取

去っていった。

かしこまりました、と言う長次郎の声を背中で聞いて、小宮山は大刀を腰に差して

り計らってくれ」

「……おおよそこんなことがございまして」

長次郎の話を黙って聞き終えた藤十の眉間には一本深い縦皺が寄っていた。長次郎の話を河内屋のお春から聞き出したことと重ねる。

『――急にお伊勢参りに出かけてくるといって、二十日ほど留守にしたそのあたりからです』

それも三月半ほど前だと言っていた。

――だが実際は稲戸屋の船で上方へ。嘘をつかせたのは依頼主であったのか。

「河内屋さんと多治見屋さんも一緒の船でございました。それで、お名前だけはぞんじておったのです。そして、多治見屋さんは桑名《くわな》で降りて、手前と河内屋さんは大坂まで乗っていきました」

お伊勢参りは家人をたぶらかす、単なる口実であったことを藤十は知った。そして話を切り替える。

「旦那様、菜種油や瀬戸物は畳奉行の支配ではございませんよね？」

分かりきったことでも、一応藤十はたしかめてみた。

「ええ、たしか作事奉行支配の細工所方ではないかと」

「ところで、ほかの二店も大奥からのご注文だったのでしょうか？」

「はい、おそらくそうだと思います」

一連の事件には、大奥、作事奉行、畳奉行などが深く関わり、ますます複雑な絡みを見せてきた。

「それで、その後はどうなったのです？」

「備後の深津屋さんに赴き、手前が手配をつけました。支払いも公儀の注文書を見せましたら、納期後二月の猶予をいただけました。畳表は張替えの手間がありますからな。ですが、六月の朔日に載せたという畳の荷が……」

ここまで言って長次郎の声音が急に小さくなった。

「着かないのです」

それでも、気を取り直したかのように長次郎の声が戻った。

「えっ、それはどういうことです？」

藤十たちの、当面一番知りたいところであった。

「もうそろそろ荷が着くころだろうと思っていた矢先。それは一月ほど前でしたか、小宮山様が見えまして、『――困った。どうやら荷物は盗まれた上、稲戸屋の主徳兵衛が自害しおった』、と申されるのです」

「荷が盗まれたですと。いったいどういうことで？」

やはりそうであったか、と思うものの藤十はあえて問い質《ただ》した。

「はい。これには当方も驚きました。それでも、小宮山様は落ち着いた様子でこう語っておられました。『――今、稲戸屋が躍起で荷を捜しているが、どうやら船頭が手引きして盗んだらしい。荷をどこかに売り払うのであろうが、ものがものだけに、そんじょそこらに買い手がいるはずもなかろうでな。まあ、すぐに見つかるであろう。案ずるでない』と申されましたが、手前は気が気ではありません。なぜに奉行所に届け出ないのかと問い詰めましたところ、『ことが内密であるだけにそれはできん。ここはしばらく様子を見ることにしよう。職人たちへは、拙者《せっしゃ》からも一月ほど遅れると申しておく。その分張替え工事を急がせる。一言申しておくが、稲戸屋には拙者のほうから掛け合うので、備後屋は安堵しながら待っておれ』と申されまして、幾分気が楽になったのです」

しかし、いまだ荷は届いていないと言う。今長次郎にある憂いは、納期もさることながら、畳荷出し問屋である深津屋への支払いであった。七月晦日《みそか》までに、畳表の仕入れ値である千両を深津屋に振り込まねばならぬ。荷物さえ届けば、畳奉行の小宮山から二千両の入金があるのでなんとかなるのだがと。

数日前に、稲戸屋の島吉が来たことは知らなかった。それが再びきのう来たという。稲戸屋に行くことは小宮山の手前できなかったので、向こうからやって来た島吉に、直に会って様子を訊きたかったところである。

「生憎《あいにく》と留守をしておりましたもので……」

「いや、かえってそのほうがよかったかもしれません」

藤十の言葉に得心したか、長次郎は大きくうなずいてみせた。

「いや、よくお聞かせいただきました。もし、この後島吉とやらが来ましても、お出かけにならないほうがよろしいかと」

藤十の頭の中では、おおよその経緯が結びついていた。あとは、この筋書きを誰が仕込んだかである。

それに、大奥が絡んでいる。

「……これは親父様に会う必要があるな」

備後屋を出てからの、藤十の呟きであった。

五

暮六ツの鐘が鳴って、喜三郎が藤十の宿へとやって来た。

「まだ佐七は戻ってねえのか」

入ってくるなり、喜三郎が藤十に声をかけた。

「ああ、まだだ。島吉を見張らせているんだが、みはりもいねえから連れてってるのだろうよ」

「そうかい、それでどうだった？　おめえのほうは」

三和土に立ちながら、備後屋の話を早く聞きたいと喜三郎がせっついた。

「ああ、いろいろと聞いてきた。備後屋さんも大変なことになってるみてえだ。まあそんなとこでつっ立ってねえで上がれ」

「そうかい。だったら早く聞かせてくれ」

藤十と喜三郎が向かい合って坐る。

「佐七が戻ってから話すほうが二度手間にならねえけど、待ってはいられねえだろうよ。もしかしたら、佐七は備後屋さんに行ってるかもしれねえ」

「備後屋さんへか？」

「ああ、島吉を追ってな」

「回りくどい言い方をしねえで、何を聞きこんできたのか早く教えろ」

喜三郎のいきり立つ言句が狭い部屋に響く。

「まあ、その前にこれはでかいことになってそうだぜ、大奥絡みのな」

「大奥って、あの大奥か？」

「ああ、お城の大奥だ。それに、畳奉行と作事奉行も絡んでいる。となると……」

藤十は一連の鍵となる言葉を書き留めた紙を喜三郎の前で広げた。新たに、『大奥』『畳奉行』とつけ加える。『作事奉行』はすでに書きつけてある。

「こんなのが絡んできたんじゃ、俺たちの手には負えねえようだな」

大奥と書かれた文字を見て、喜三郎が珍しく弱音を吐いた。

「宮仕えじゃあ、弱音が出るのも仕方ないか。だが、町人が巻き込まれているとあっちゃ、なんとかしねえとな。それと、みな数千両の商いに関わるいざこざみてえだ。備後屋さんも……。どうやら、河内屋さんは上方から菜種油、多治見屋さんは尾張から瀬戸物、そして備後屋さんは畳表を取り寄せ、大奥に納入しようとした品物をごっそりと盗まれたようだ」

藤十は備後屋の主、長次郎から聞き込んできたことを、順を追って喜三郎に語った。

「そうか、大奥に納める荷物が盗まれて右往左往していたのか。それで河内屋の作兵衛さんや、多治見屋の木左衛門さんが殺されたってのは、どういう成り行きでなんだ?」

「二人とも五百両の受取証をもってたってことは……荷物と引き換えに五百両を強請《ゆす》られていたってことか」

「しかし二人とも金を奪われたうえに殺されちまった。荷もまだ戻っちゃいねえ」

喜三郎がそう言ったとき、表戸の腰高障子がきしむ音を立てて開いた。

「遅くなりやして……」

「わん」と、みはりの鳴く声もする。暮六ツから四半刻以上は経っている。

「おう、帰ってきたか。待ってたぜ」

佐七が雪駄を脱ぐ間もなく、喜三郎が声をかけた。

「へえ、島吉が動きました。伝馬町の備後屋に。それから新大橋を渡って……」

佐七が言うが早いか、藤十と喜三郎は立ち上がると、腰に刀を差した。

「雪駄は脱がなくていい、これから出かけるぞ」

事情が分からぬ佐七は三和土につっ立ち、きょとんとしている。

「道々話すから一緒に来てくれ」

へい、分かりやした、と言って、佐七はみはりとともに外に出る。三人と一匹の行く先は伝馬町の畳問屋である備後屋であった。

「これである程度のことが分かる。島吉がもたらす話が……」

佐七でもおおよその見当はつく。島吉の通ったあとに、二人の商人が死んだ。次は畳問屋の長次郎が危ないとのことで、急いでるのだろうと。

「島吉が動く前に、やはり願人坊主が店先に来てやしてねえ、経を唱えてやした。あっしは、そいつのあとをつけようと思いやしたが、関わりがあるかどうか分かりやせんし、島吉のほうだけ見張ってやした」

「ああ、それでいいんだ。とりあえずは、事件のあらましを知るほうが先だ。それと、これ以上犠牲者を増やしちゃならねえからな」

藤十の住む住吉町から伝馬町までは、北へおよそ六町。さほど遠い距離ではない。

備後屋の前に立つと大戸が下りている。刻は六ツ半になろうとしている。夜の帳《とばり》が下り、八百八町は眠りにつこうとしているときだ。伝馬町の角の、きのう佐七が寄った蕎麦屋が屋台を出しているのが見える。明るい提灯が下がるのは、周りを見渡してもそこだけであった。

「みんなで押しかけてってても長次郎さんが驚くだけだ。ここは俺に任しちゃくれねえかい。いかりやと佐七は蕎麦でも食っててくれ。腹も減っただろうし」

「ああ、そうするか」

備後屋の大戸を前にして、藤十は残った。喜三郎と佐七、そしてみはりは蕎麦屋の屋台で待つことにした。

大戸が開き、藤十が中に入るのが見えた。それを見届け、喜三郎が屋台のおやじに注文を出した。

四半刻も経たぬうちに、藤十が備後屋から出てきた。来たときよりも、落ち着いているようだ。

「どうだったい、備後屋は？」

「ちょっと、これを読んでくれ」

藤十が懐から取り出したのは、書付けの写しであった。

七月十一日　酉刻《とり》　竪川《たてかわ》松井橋の袂にて

五百両と引き換えで荷物を渡す
備後屋殿

と記されている。喜三郎は屋台の提灯に照らして文字を追う。

――七月十一日というと、しあさってか。まだ間があるな。ここでも五百両が出てきやがった。

喜三郎は肚の内で呟いた。すぐに備後屋には危害が及ばないと、藤十の落ち着きも分かる気がした。

「ああ、腹が減ったな。俺も蕎麦を食ってくとするか」

喜三郎が読んでいる間に、藤十は蕎麦を注文した。

蕎麦屋のおやじがいては話もしづらい。藤十は腹ごしらえに専念することにした。

喜三郎もここはせっつこうとはしない。

「かけ蕎麦二杯だ」

注文したかけ蕎麦はすぐに出てきた。

藤十は蕎麦を箸《はし》で一すくいすると、足下にいるみはりの前にある懐紙の上においた。すでに喜三郎と佐七から、蕎麦をもらっているのだろう。それでもみはりは、残さずに食った。藤十の丼も空になる。

「ふぁー食ったな。おやじ、みんなの勘定はまだかい？」

「へい、合わせて二十文いただきやす」

「いやに、安いな……」

「夕べ、こちらのお客さんにいただいてやすから」

義理堅いおやじだと、佐七は思った。

蕎麦屋のおやじの耳が届かないところまで来て、藤十は口にした。

「備後屋さんのほうは急ぐことではない。島吉のほうを追おうじゃねえか。それで佐七、島吉は新大橋を渡ってどこに行った？」

「へい、今度はみはりがいますから抜かりなく。ついてきてくだせい」

「それで、どこに行くんで？」

喜三郎が身を乗り出して訊いた。重要な場所だと思えたからだ。

「へえ、それが深川の北森下町《もりした》にある古い寺なんでさあ」

「古い寺だと……？」

言って藤十は首を捻った。

「それってのは、願人坊主と関わりがあるんでは……？」

新大橋に行くには戻ることになる。浜町堀伝いを南に歩く。藤十と佐七が出会った小川橋を越え、浜町河岸に差しかかる。島吉のあとを探ろうと、藤十と佐七が今朝ほど歩いたところだ。大川の吐き出しで、多治見屋の木左衛門が殺されていた事件と遭遇したのは、つい半日前のことである。

浜町河岸から逸れて、新大橋を渡る。大川の流れは闇の中にあった。その墨黒の太い筋の中に点々と、宵《よい》涼みの屋形船の灯りが水面に映っているのが見えた。藤十と喜三郎は、そんな光景に目を向けることもなく佐七のあとを追った。

六間堀は猿子橋に出る。きのう酔っぱらいに絡まれ、佐七が島吉を見失ったところだ。

「橋を渡って、左に行きますさあ」

川沿いを左に北へと向かう。右に行けば六間堀は小名木川に出る。すぐそこは、河内屋の作兵衛が殺されていた万年橋である。

猿子橋から三町ほど歩くと、堀は二股に分かれる。廃寺はその角にあった。

朽《く》ち果てた山門にかかっている『長延寺《ちょうえんじ》』という文字を目にして、藤十は提灯の火を吹き消した。

外れかかった門扉の隙間《すきま》から中がのぞけた。本堂の屋根が月明かりの中に影となって浮かんでいる。

境内に立ち入ると、人の気配はなかった。庫裏《くり》と思える本堂の脇に建つ建物にも、人がいそうな気配がない。

「誰もいねえようだな。本当にこん中に入っていったのか?」

「ええ、間違いありやせん」

喜三郎の問いに、首を傾げて佐七は答えた。

「朽ち果ててるとはいえ、本堂から庫裏にかけては大きな造りだなあ」

暗がりにぼんやりと浮かぶ伽藍《がらん》を見て、喜三郎が小声で言った。

「おい、もしかしたらこの中のどこかに、盗まれたって品物があるかもしれねえな」

藤十が小声で思いつきを言った。

「どうする、探ってみるか?」

喜三郎が懐から十手を出し、意気込みを見せた。

「いや、今夜のところはよそう。ここが本拠であるかもしれねえってだけで充分だろう。それに、今は俺たちが嗅ぎつけてることを、相手に知られたくねえしな」

雑草に覆われた墓場から、腐敗したような臭いが漂ってくる。

「死体が腐る臭いだぜ、こりゃ」

廃寺には断りもなく死骸を埋めにやってくる者がいると、藤十は以前聞いたことがある。あまり長居はしたくないなというのが、三人の抱いた思いであった。

「もう行こうぜ」

「ああ、今夜のところは引き上げるとするか」

腐臭にいたたまれず、三人の気持ちは廃寺から引いた。

これから藤十の宿に戻り、話のもち寄りをしなければならない。まだまだ長い夜がつづく。

住吉町の左兵衛長屋に戻った藤十は、さっそく書留めに『長延寺』と加えた。

「それで、備後屋さんのほうだが……」

帰るなり、藤十が口を開いた。

「島吉がこの書付けをもってきて、盗まれた荷物を返すと言ったそうだ」

藤十が懐から取り出したのは、蕎麦屋でも見せた書付けの写しであった。

「なんでこんな書付けを、島吉がもって回ってるんだ？」

「それについちゃ、きょうはじめて会ったんで長次郎さんも分からねえって言ってた。俺の考えでは奴も徒党の一人だろう。荷物を盗む手立てを考えたんだって、おそらくそうだろう」

「ところで、七月十一日ってのはしあさってだな。その暮六ツに、竪川の松井橋か」

喜三郎が文面を読み直して言った。

河内屋作兵衛は小名木川の万年橋、多治見屋木左衛門は浜町堀の川口橋、そして竪川松井橋とくれば、備後屋長次郎も同じ運命を辿るのだろうと、喜三郎は憂えた。

「これと同じような書付けをもらって、河内屋の作兵衛さんは苦慮したんだろう」

藤十が腕を組んでしんみりとした口調で言う。

藤十は河内屋の小僧が言っていたことを思い出していた。『――先だって当方が貸し出した五百両の返却がなされていない』と――。

「安田屋から借りた五百両ってのはこのことか。千両の支払いも上方の荷出し問屋の富田屋に対してある。金の工面で作兵衛さんは悩んでいたんだ」

作兵衛は、急きょ安田屋から融通してもらったのだろう。殺されてしまったら、借りた金を返すことはできない。

荷物を奪い、金を奪って、命までも奪う。藤十は憤りで腹の中が煮えたぎる思いとなった。

「どこで、こんなからくりが仕込まれたんでえ」

喜三郎の思いも同じである。

「この書付けを見た備後屋の長次郎さんも、五百両を両替屋から工面しなくちゃいけねえと言っていた。ただし、荷物さえ届けば畳奉行の小宮山様から二千両の入金がある。それで、荷出し問屋に千両支払っても、利益は五百両に減るが万事治まると喜んでいた。それは作兵衛さんも同じだ。畳奉行と細工所方同心が同じ動きをしている。ここにからくりがあるなと俺は踏んだ」

「なんだかややっこしい話だなあ」

「ああ、金がごちゃごちゃ絡むからな。菜種油と瀬戸物と、そして畳表にかこつけて作兵衛さんたちは嵌《は》められたのよ。この筋書きは畳奉行の小宮山と、細工所方同心の玉田という男の差し金であることに間違いねえ。だっていくらなんでも、世の中こんなに符合した話ってねえだろう。さしずめ黒幕は、作事奉行ってところだろう。自害しちまったが、稲戸屋の徳兵衛さんを巻き込んでの企てってことだ。それに大奥も絡んでいるが、なんのためだかってのは、まるっきし見当つかねえ」

藤十は、自分で書き留めた言葉の羅列に目を追いながら言う。

「そこまでのお偉方が黒幕ってんじゃ、これからどうしてったらいいのか。まいったなこりゃ」

喜三郎の愚痴に耳を貸さず、藤十は天井に顔を向けた。

――親父様にすぐにでも会いてえ。

親子といえど、相手は幕閣である。簡単に会える道理はないと、藤十はその算段に気をめぐらせた。

「それでもだいぶ全貌が見えてきたな」

考える藤十に、喜三郎が声をかけた。

「ああ、ここまでくればもうすぐだ」

藤十が言葉を返して、ようやくその顔に緩みをもった。怪訝そうな顔をしているのは佐七である。

「いってえどうなっているんです？」

そういえば、備後屋の話は詳しく聞かせていない。その後藤十は、要約して佐七に聞かせた。

第四章　怒り正宗

一

深夜まで語り合い、幕府役人が背後に控えているに違いないと結論づけた。あとは殺しに実際手を下したのは誰かということになる。そこまではまだ見当がつくものでない。

翌日の午後、藤十は一橋《ひとつばし》御門近くにある、板倉家の上屋敷を訪ねることにした。

その前に藤十は行くところがあった。

「お袋いるかい？」

平右エ門町に住む、母親のお志摩の家の玄関戸を開けて、藤十は中に声を通した。

「おや、その声は藤十。また金の……」

「いや、そうじゃないんだ。実は親父様に会いに行きたいと思って」

「えっ、お殿様にかい……そうか、分かった」

お志摩は心得ているような口ぶりであった。今まで藤十から板倉の屋敷に行くなんてことはなかった。それでもいつかその日が来ると、お志摩は思っていた。そのために、以前藤十に言っておいたことがある。『――お殿様の屋敷に上がる前には、必ずここにお寄り』と。藤十は、今まさにその通りに母お志摩の元にやって来たのである。

「ちょっと待っていな」

しばらくしてお志摩が両手に携えてきたのは畳紙《たとうがみ》に包まれた衣装であった。包を開けると、中に板倉巴の家紋が入った小袖と羽織、そして同色の袴が出てきた。

「お殿様に会うのなら、これを着て行きなさい。そんな格好なんかで行くんじゃないよ、みっともないから」

藤十の知らぬうちに用意してあった。母親の心遣いを知って、藤十は心の内で感謝をする思いであった。

「そうだ、その頭もなんとかしなくちゃね。そこにお坐り」

ぼさぼさの髪を梳《す》き、一束ねにして髷を結う。

「髪結いじゃないのでうまく結えないけど、さっきよりはずいぶんましになったじゃないか。さあ、着物を着替えてさっさとお行き」

その前にめしを食わせてくれないかと、一膳の食事をすませてから藤十が着替えると、別人のように凛々《りり》しくなった。

「おや、見違えちまったよ。たいしたお侍さんになったねえ。その形《なり》のときは、おまえは板倉藤十郎という名になるのだよ」

「板倉藤十郎……」

藤十にとって、遠い昔に聞いた懐かしい名であった。自分の本名だというのに聞いて久しい。

「それと、これをもってお行き」

お志摩から手渡されたのは、大小の刀と板倉巴の入った印籠《いんろう》であった。この格好で、足力杖を担いでいくわけにはいかない。

「それでは行ってまいります」

と、いつにない丁寧な言葉を残して、藤十がお志摩の家をあとにしたのは、正午を少し過ぎたころであった。

屋根に丸みが帯びる唐破風《からはふ》の御門の下に門番が二人立っている。

藤十にとって、生まれて初めて訪れる屋敷である。どんな応対がされるか不安であった。やたらと威厳が重くのしかかる。藤十は意を奮《ふる》って門番の一人に声をかけた。

「拙者、藤十郎と申しまする……」

殿様に目通りしたいと、板倉の名は省《はぶ》いて言った。

案ずるより産むがなんとかであった。

「御用人様を通して聞きおよんでおりまする。しかし、ただいま御老中様は登城しており、本日は七ツごろの戻りとなりまする」

先日、勝清が言っていた言葉を藤十は思い出す。

『――できるだけわしも力を貸す。何かあったら知らせてくれ』

――やはり親父様は約束を違《たが》えなかった。

藤十は、父勝清に按摩を施したときの、肩の凝った硬さが忘れられずにいた。

夕刻また参りますと言って、藤十は一度引き上げることにした。

羽織、袴の馴れない着姿のまま市中で刻を潰し、夕七ツを四半刻ほど過ぎたころ、藤十は再び板倉佐渡守勝清のもとを訪れた。家臣の案内で書院の間に通された藤十は、慣れない正座をして勝清を待った。やがて襖《ふすま》が開くと、板倉勝清が近臣を一人従えて入ってきた。

「そちはもうよい。下がっておれ」

近臣を下がらせると襖を閉め、勝清の藤十に向けての開口一番であった。

「おお、よく来たよく来た。ここへは初めてであるかのう。まあ楽にしてくれ」

お志摩の家とは違う。格式ある雰囲気に緊張していたが、藤十は思わず足をくずして胡座を掻いた。

「それにしても立派な姿となったのう」

勝清は、藤十の頭から足の先までを見やって目を細めた。

「お袋、いや母が支度を整えてくれました」

「左様か。それはよかった」

勝清もお志摩の家で見せる寛《くつろ》いだ表情で胡座を掻き、対面した。

「ご多忙のところ申しわけございません」

急な来訪の詫びを言って、藤十は頭を下げた。

「そんな堅苦しい挨拶はよい。場合によっては、そなたは板倉家の若君であるのだからな。それで、その後何か分かったか」

「はい、いろいろなことが分かってきました」

藤十は、さっそく本題に入った。

「やはり、幕府の御役人がうしろで手繰《たぐ》っているようで。あれから……」

藤十は事件の一連を書き留めた紙を前に置いて話した。およそ四半刻にわたる藤十の語りを勝清は黙って聞いていた。

「大奥でそんな話がもち上がっておっただと？……そんなはずはないと思うがのう」

畳表四千畳の張替えのくだりを口にして、勝清の顔が渋面となった。

「菜種油に関して調べてみたが、そんな事実はなかったぞ。畳の張替え普請についても奥御用人にあたってみよう。それに、瀬戸物も絡んでおるのだな。これも大奥からの発注ということで。それぞれ二千両、都合六千両もの大奥からの買いつけか……」

言って腕を組むと、勝清の言葉は止まった。うーむと漏らして思案に耽る。

話が幕閣にまでおよぶと、藤十は言葉を挟む余地がない。じっと勝清の次の言葉を待った。

「藤十……」

目を瞑《つむ》り思案していた勝清が、ふと瞼を開くと藤十の名を呼んだ。

「はい」

藤十は居ずまいを正して次の言葉を待った。

「ことは重大だ。この話、三、四日わしに預からせてくれぬか。作事奉行など、お目見得以上の役人が絡んでいては、そなたたちではいかんともしがたいであろう」

老中が真相解明に乗り出してくれるという。藤十にとってこれほどのことはない。

「よろしくお願い申し上げます」

「何かつかんだらこちらから使いを出す。それまで待っておれ」

藤十はこのとき迷っていた。勝清の答えが出る前、あさってには備後屋の竪川松井橋での取引きの一件がある。それに乗じて下手人を捕らえようかと、昨夜喜三郎と佐七とで手立てを練っていたのだが、ことが幕閣におよぶとあれば勝手な真似はできぬであろうと。

「どうした？　何を考えておる」

そんな憂いが勝清に伝わったようだ。それに応え、藤十は迷いを口に出した。

「左様であったか。ならば、そこに備後屋とやらを行かせるでない。竪川にはおまえたちが行って様子を見てくればよいではないか。どんな面々が集まってくるかをな。ただし、様子を探っていることをけして露見させるでないぞ。退治するのは、すべてが判明してからでも遅くはない。権力を笠に着る連中のやることだ。おまえたちにも危害がおよぶことにもなろうからな、けして軽はずみに動くでないぞ」

勝清の判断は『待て』であった。

「はい、そのようにします」

父勝清の言葉に従い、藤十は板倉家上屋敷をあとにした。

二

お志摩のところに寄って普段着に着替えた藤十は、住吉町に帰る道すがら考えていた。喜三郎たちに、老中板倉勝清との関わりをどのようにして伝えようかと。母であるお志摩以外、藤十の父親がときの老中板倉佐渡守であるということを知っている者はいない。真の友としている喜三郎にも打ち明けていないことである。

その答えが見つからぬまま宿に戻ると、喜三郎が来ていて佐七と話し合っていた。

「おう、来ていたか」と、藤十が言う間もなく、喜三郎の声がかかった。

「おう、分かったぜ」

藤十の帰りを待ち焦がれていたように、いきなり言い出した。

「分かったって、何が分かったたい？」

「稲戸屋が他人の手に渡り、主の徳兵衛さんが自害した詳しいわけがだ」

「そうか。それで……？」

「ああ、稲戸屋を買い取った札差の鹿島屋七郎右衛門を番屋に呼び出し、脅し口調でつっ突いたらしゃべってくれたぜ」

「そうか、なんて言ってた？」

「あの稲戸屋をだ、鹿島屋は六千両を出して居ぬきで買ったということだ。売ったのは小普請組の旗本で深尾真十郎《ふかおしんじゅうろう》という男だそうだ」

「旗本がか？　なぜにお武家が……」

ここで新たに、旗本の名が出てくる。今まで耳にしていない武家が絡んできたとあって、藤十は複雑な関わりに気の沈む思いとなった。

このとき藤十はふと思った。役職のない小普請組とはいえ、身分のある旗本である。上からの流れからいってもありえることだろうと。やはり、作事奉行からの流れか。

そのあたりのことは、父勝清が調べ上げてくれるのを待つしかない。要はその下がどう絡んでいるかである。

藤十が思っているところに、喜三郎の言葉が重なる。

「この深尾という旗本は、鹿島屋にえらい借金があったらしくて、これからは鹿島屋から聞いた話だ」

藤十は思いを肚の中に置いて、喜三郎の話に耳を向けた。

三月ほど前のことである。

「――借りた金の形《かた》に、こんな話はどうだい？」

旗本深尾真十郎が、鹿島屋七郎右衛門に話をもちかけた。

七郎右衛門が以前から廻船問屋を欲しがっていたのを、深尾真十郎は知っていた。深尾の話は、廻船問屋を三月内に手に入れるから、買ってはくれないかということであった。喉から手が出るほど欲しい廻船問屋の権利を、たったの六千両で手に入れられるということで、七郎右衛門は乗り気となった。

目ぼしいところは箱崎の廻船問屋『稲戸屋』と、七郎右衛門から聞き出した深尾は、言葉に違《たが》わず三月後、身代、家屋、土地、財産もろともに六千両で売りつけてきた。

七郎右衛門は六千両を即金で支払ったという。

「まあ、おおよそこんなことらしいんだが。深尾がどんな手段を使って稲戸屋の権利書を手に入れたかまでは、七郎右衛門は一切関知しないと言い張り、正常な商取引きであるとつっぱっていたがな」

喜三郎は、鹿島屋七郎右衛門から聞き出したことを藤十に聞かせた。

「その深尾という旗本が、稲戸屋さんのすべてを奪い取ったということか」

「ああ、その企ては荷物の盗難に絡んでのことだろう。単なる荷の紛失ならば廻船問屋のことだ、嵐や海賊などで、いつでも危険を負っている。そのぐれえの覚悟はしているだろうよ。だから、自害はおかしいと思ったんだが、荷の行く先が大奥となったら話は別だ」

喜三郎の語りであった。

「それで一月ほど前、大奥に納める荷物の盗難で重責を感じてたのだろう。深尾から、奪った荷物の引き換えにともち込まれ、徳兵衛さんは一切合切の権利書を渡したのだろうな。だが、それが騙《だま》しと知って……。きれいなかみさんと五歳になる息子を残して、二番蔵の中で自害したってのか……かわいそうに」

藤十は、喜三郎の話でおおよその筋書きを知った。

「鹿島屋が権利書をもって乗り込んだのは、初七日《しょなぬか》も過ぎねえ内だったという。店の者たちはそのまま残し、次の日にはお内儀と息子を家から追い出したってえから冷てえもんだぜ。まあ、憤りはあるとはいえ、鹿島屋が金を出して正規に買ったとあっちゃどうこう言えねえのがご定法だ。それよりも何よりも、騙くらかして稲戸屋のすべてを剝ぎ取った奴らは勘弁ならねえ」

「天誅《てんちゆう》を下してやる！」

喜三郎の憤懣《ふんまん》やるかたない語りに、藤十が怒りの言葉を乗せた。

「あっしも我慢ならねえ」

委細を黙って聞いていた佐七の口がへの字に歪んだ。

「それでお内儀ってのは、どこに行った？」

「それがどこに行ったのか、誰も知らねえってんだ。可哀想な話だよなあ」

喜三郎の声がくぐもっている。

「ことが解決したら、捜し出してやろうや。それにしても、だいぶ絞られてきたな」

——旗本の深尾真十郎か。早く親父様の話が聞きてえなあ。

そんな思いが、頭の中をよぎる藤十であった。

さて、備後屋長次郎の荷物引き取りに乗じて相手を倒す手はずであったが、勝清から『待て』がかかり、藤十は喜三郎たちの口説きにかかった。

決めていた手はずは、長次郎が囮《おとり》となって、危うい寸前に助けるというのが狙いであった。だが、軽はずみなことはするなという勝清の言葉に、藤十は従うつもりであった。それほどこの事件は根が深いのだ。

「ここまで分かりゃあ、あさっての暮六ツには万事が終わってるぜ」

竪川の松井橋で決着をつけようとする喜三郎の意気込みに、どう分かってもらおうかとする藤十の苦慮があった。

とりあえず、喜三郎の言葉に藤十は異を唱えた。

「ちょっと待て、いかりや。これはおいそれといかねえぞ。これを見ねえ」

言って藤十は例の書留めを喜三郎の前においた。一枚の紙面一杯に書き込みがしてある。

「ここに作事奉行って書いてあるな。そして、畳奉行に細工所方同心だ。それに加え……」

紙面の空いているところに藤十は、小普請組旗本、深尾真十郎と記した。

「名前はこの字でいいかな？　まあそれはそれとして、こんな奴が絡んできたんだ。こうなると下っ端だけを退治したって万事の解決とはならねえだろよ」

「だったらどうする、藤十。俺たちだけじゃ手に負えねえぞ。一介の町方と足踏み挟摩師、それと元こそ泥、それに、一匹の犬じゃなあ。かといって……」

与力に相談したところでらちはあかぬだろうと、喜三郎は言葉を止めた。

ここで藤十はある決心をした。むろん父親が幕府の老中ということは隠すことにする。

「それでだ、いかりや。このことはあと四、五日待ってくれねえかい。ああ、下手すりゃ俺たちだって権力に押し潰されかねねえからな」

「……権力か」

「ああ、この事件はとてつもなく太い根が張っている。それを掘り起こさねえ限り……」

「掘り起こすって、おめえにそんな手立てがあるのか？」

「今、人を介して幕府のあるお偉方に……それもかなり上の人らしいんだが、そのお方に一件を任そうと思ってるんだ」

「誰でえ、そんな偉《えれ》え人ってのは？」

「頼むから、それは訊かないことにしてくれ。だが、人となりは、間違いない。……と聞いている」

口を濁すのにも苦労がいる。これで喜三郎は得心してくれるだろうかと、藤十は案じた。

「その偉いのが名前も分からねえんじゃ、得心しようにも無理があるぜ。まさか、それってのは御老中か若年寄っててんじゃねえだろうな。なんで、そんなのと通じることができる?」

喜三郎も御家人の端くれである。侍でない藤十にそんな筋をつけられるはずがないと端《はな》から信用しない。

この分からずや、と藤十は心の内で叫んだが、むろん顔色に出すことはない。ここで老中板倉佐渡守勝清の名を出そうとしたが、それは思い止まった。

「ある人を介してって言ったよな。この事件に関わりがないので、その人の名前は言えないが、俺の足踏み按摩のお客様で、やはり大身の御旗本がいるんだ。五千石とかいっていたな。一橋御門近くに屋敷がある。いかりやには申しわけなかったが、そのお方に相談をもちかけてみた」

語りながらも、藤十はいい虚言だと思った。言葉も澱《よど》みなく出る。だが、さすがに旗本の名はいい加減には言い出しかねた。

「そうしたらそのお方、幕閣に掛け合ってみるから三、四日待ってろって言うんだ。それで、さっき一日余裕をもって四、五日って言ったのさ」

ここまで言われれば喜三郎だって納得せざるをえない。

「分かった。それで、あさっての備後屋さんの件はどうする?」

「それなんだが……。絶対に備後屋さんを竪川に行かしちゃならない。代わりに俺たちが行って、どんな奴が姿を現すか見届けてこようじゃないか。むろん、物蔭からうかがうってことで。退治はそのお方の話を聞いてからだ」

ようやく思いついた嘘を語ることができた藤十は、ふーっと一つ安堵の息を漏らした。

「よし、そうしようぜ」

喜三郎の、得心できたような声音であった。

「暮六ツともなればあたりは薄暗くなるころだ。ここは佐七の目がものをいってくる。奴らの人相風体《ふうてい》を焼きつけるんだ。もちろん俺たちも目を凝らしてよく見てるがな」

「分かりやしたぜ、任せておくんなせい」

佐七が拳《こぶし》を握りしめて言葉を返した。その一言に、佐七なりの決意の高鳴りがあった。

三

備後屋長次郎に『行くな』と説き伏せ、七月十一日の暮六ツ前には藤十と喜三郎は竪川の対岸、相生町《あいおい》にいた。堀の川幅およそ十五間。護岸の上の堤から松井橋の袂まではは、二十間ほどとなる。具合よく姿を隠せるところからともなると、さらに五間ほど遠くなる。

「ここからじゃ遠すぎるな。それにひと雨きそうだし」

藤十が暗雲垂れ込める空を見ながら言った。遠雷であったものが、徐々に近づいてきている。

「もっと近づこうぜ。こんな遠くちゃらちがあかねえ」

暮六ツにまだ間を残すものの、すでに夜の様相を呈してきた。この暗さでは二十五間はあまりにも遠すぎて、人の顔を判別するどころではない。そこに人がいることさえ見ることが叶わぬほどの隔たりであった。

「ああ、駄目だなこりゃ。向こうに行くか？」

二町ほど東に架かる二ツ目之橋で竪川を渡ったところで、暮六ツを知らせる捨て鐘が三つ早打ちで鳴った。

「ここなら六間堀がよく見えら」

夕立があるとみてか、両側の堤に人の通りはめっきりと減っている。雲さえかからなければ、まだ幾分明るさが残り、堤には人が多くいるはずだ。それと、竪川は猪牙舟などの小舟が行き交うところだ。こんなところでこの時分に人を殺《あや》めることなどできるのか、というのが藤十と喜三郎の共通の思いであった。

佐七とみはりが松井橋から三町ほど離れた樹の蔭に隠れて、様子をうかがっている。

松井橋の袂ではまだ変化がない。藤十と喜三郎は、佐七に近づくことができた。

「まだ来てねえようだな」

喜三郎が小声で佐七に言った。

「へえ、まだなよう……」

佐七が答えようとしたとき、六間堀を上ってきた一艘の小舟が見えた。二人の人影があるのが分かる。一人は艫《とも》で櫓《ろ》を漕ぎ、一人は胴の間につっ立って橋を見上げている。

「荷は積んでねえようだな」

そこいらにある川舟で、舟は空荷であった。

「そうか、長次郎さんを別のところに連れてこうってんだな」

藤十が川面にぼんやりと浮かぶ舟を見ながら言った。

「あっ、あの男は」

佐七には分かったものの、暗くて藤十と喜三郎は男の姿をとらえることができない。

「誰なんだ？」

「へえ、うしろで舟を漕いでいるのが、あの願人坊主でありやす。あっしがもう少し近づいて、声を拾ってきやしょう」

三人で近寄っては気づかれると、佐七一人にここは任せた。

胴の間にいた男が桟橋で舟から降りると、願人坊主に声をかけた。腰に刀を一本差す浪人風と佐七には見えた。

佐七は通行人を装いさらに男たちに近づく。話し声もよく聞こえる。

「まだ来てねえようだな、西念《さいねん》」

願人坊主の名は西念というらしい。

「ああ、遅《おせ》えな畳屋は。島吉は本当に渡したのか、書付けを」

「あっ、降ってきやがった」

浪人風情が天を見上げて言った。にわかに篠《しの》つく雨となった。西念も舟から降り、二人は橋の下に身を入れて雨を凌《しの》いでいる。

「これからどうする、桑田《くわた》?」

浪人風情の名は、桑田と言った。

「この雨じゃ動きのとりようがねえ。それにしても備後屋は来ねえな。いったいどうしやがった? これじゃ深尾さんに……」

「しーっ、向こうに人がいるぜ」

西念が桑田という名の浪人風の男の口を制した。

佐七とみはりも六間堀の対岸で雨を凌いでいる。それに気がついたようだ。だが、どう見ても雨宿りの通行人としか思われず、怪しまれた様子はなかった。

話も近くで聞けたし、佐七にとっては都合のいい雨だったかもしれない。

藤十と喜三郎は、商家の軒下を借りて雨が通り過ぎるのを待っている。

幾分西の空が明るくなってきた。晴れていればまだ明るさの残る刻である。

暮六ツの鐘はすでに鳴り終わっている。それからしばらくして、雨は止んだ。

「来ねえようだな」

「どこかで雨を凌いでるんじゃねえのか。もう少し待つか」

その声を聞いて、佐七は橋の下から出ることにした。

「やはり、あいつらは……。長次郎さんが来るのを、もうしばらく待つみたいですぜ」

藤十と喜三郎に、佐七が近づき言った。

「それと、深尾という名が出やした。どうやら、そいつがいるところへ舟に乗せて行くみてえなことを話してやした」

「そうか、ここで殺《や》るんじゃなかったんだな」

「どこに行くのか、舟が動いたらつけてみようじゃねえか」

三人の策がまとまりを見せた。

「多分、あそこでしょうかね」

佐七が、きのう行った古い寺を思い浮かべて言った。

暮六ツの鐘が鳴ってから四半刻以上が経った。痺《しび》れを切らしたのか、男たちに動きがあった。

桑田が何か言ったようだが、その声は聞こえない。すると舟がゆっくりと動き出すのが見えた。

夕立により幾分水嵩は増えたものの、舟を動かすのには支障がなさそうである。西念は舟の舳先《へさき》に立って、水棹《みさお》を手繰った。暗い中でも舳先に立てば舟を進めることができる。それにしても、以前船頭をしていたかのような、西念の舟の手繰り方であった。


舟を前方に見ながら川岸を追った。藤十と喜三郎は、ぬかるむ道と夜の暗さで歩くのに難儀している。二人の歩みに合わせたら、舟を見失ってしまう。

「ここは任せといてくだせい」

「俺たちはあそこにある松井町の番屋で待ってる。無理するんじゃねえぞ」

喜三郎が指差したほうを見て「へい、分かりやした」と言って佐七は足を急がせた。

それから半刻ほどして佐七が全身を泥と埃《ほこり》だらけにして松井町の番屋に入ってきた。みはりの体も埃がたかっている。

「やはりあの長延寺に巣くっておりやした。庫裏の縁の下にもぐって話はおおよそ聞いてまいりました。それにしても、酷《ひで》え奴らでありやすねえ」

ここには番人もいる。話もしづらいし腹も減ってきたと、鹿の屋の二階に行くことにした。

「まあ、ずいぶんと汚れて……」

裾を泥だらけにした三人を、鹿の屋の女将であるお京が迎えた。みはりは外で待ってろと野放しにして、三人は二階へと上がった。

「大事な話があるんで、人は近づけさせねえでくれ。めしもいいと言うまでもってこなくていい」

「いや、いかりや。腹が減ったから先にめしにしようぜ。酒はきょうはいいです、女将さん」

佐七は腹が減ったのか元気がない。遠慮している佐七を見て、藤十が言った。

「だったらみつくろって、すぐに作ってきてくれ」

馴染み以上の仲である喜三郎の頼みがお京に向いた。

「それと、外にいるみはりにも何か残りもんでも、やっといてくんな」

佐七は、喜三郎の優しい心遣いを感じた。

「はいはい、分かりました」

重ね返事をして、お京は襖を閉めた。

階段を下りる足音を聞いて、喜三郎の顔が佐七に向いた。

「で、どうだったい？」

松井町番屋からの話がつづく。

「へい、酷い奴らがあったもんで。それで……」

廃寺である長延寺本堂奥にある庫裏で三人の男の声がする。庫裏とは本来住職たちが生活をするところである。

畳床を通して聞こえてくるのは、願人坊主の西念と浪人の桑田、そして小普請組旗本の深尾真十郎の声であった。

佐七は、聞こえてきた言葉を藤十と喜三郎に語った。

「——とうとう畳屋は来なかったか？」

「ええ、どういうわけか」

「……何があったんだ？」

と呟くも、深尾は話を先に進めた。

「まあいい、とはいっても早くせねばのう。あとは畳屋だけを陥《おとし》いれればすべてが終わる。おぬしたちとはもう会うこともあるまい」

言葉からして深尾であることが知れる。鼻が詰まったような声である。

「菜種油はいい値で売れましたし、瀬戸物もなんとかはけました。ただ、畳表だけはどうも上手くさばけません。つまらねえものを獲物に入れましたねえ」

　声質からすると、西念だろうか。

「まあ、畳奉行からの話だから仕方ないだろう。それで、あといくら見込まれる？」

「畳表がいくらで売れるか知れませんが、備後屋からは五百両が入りますから……」

「畳表は二束三文で売っぱらって、百両にもなりゃいいか」

「売るところに売れば二千両にもなるのにですかい？」

「ああ、潰しが利かねえってのはそういうことだ」

「稲戸屋の身代を売って六千両。そのうち五千両は、どこに行くのか知らぬがすでに小宮山に渡してある。残りを山分けだ。物《ぶつ》をみんな売って千五百両。そして、お三方から千五百両。もっとも、畳屋がまだだけどな。それが入ればざっと四千両か」

「それだけあれば、畳屋はもういいのじゃありませんか？」

　声音が高いのは浪人の桑田であろう。五百両のためにあと一人、人を殺さねばならぬのを憂えたのであろう。

「いや、始末はせんとならん。これを葬《ほうむ》りさえすれば、すべては闇の中に消え去る。金ばかりではないのだ。それがきょうで終わろうかってのにのう」

「そういうことか。ならばあしたにでも……」

「いや、あさってにしよう。夜、金の分け前でここに集まるのだろう？　おまえらの残虐さを、最後にあの畳奉行らにも見せつけてやるがいい。死体を埋めるところはいくらでもあるからな、ここは」

鼻にかかるくぐもった笑いを発して、深尾であろう男の言葉は止まった。

「番頭の島吉はどうします？」

「奴も同じことよ。追い出された徳兵衛のかみさんと息子をだしに脅したら、すんなりとこっちの言うことを聞いてくれたがな。島吉もご新造には岡惚れみてえだからな。だがこれも生かしておいてはあとの憂いになる。かわいそうだが、しかたあるまい」

「それじゃあ、島吉に最後の使いをあしたさせますか？」

「ああ、それですべて終わりだ。島吉にも分け前をやるから、あさっての夜ここに来いと言え」

分かりましたと答えたのは、願人坊主の西念であろう。

四

「おおよそ、こんなことを話してましたぜ」

佐七は、あまりの卑劣な企みに憤りを感じ、話す言葉を漏らさず聞き取ってきた。

「これで奴らの出方はおおよそ分かったな。あとは……」

いつ父勝清からお声がかかるかが、藤十の気の揉むところとなった。

「あさって、奴らは集まるって言ってたよな」

「ええ、夜とだけで刻限は言ってやせんでした」

「……それまでに間に合えばいいんだが」

藤十が腕を組んで呟いた。

「何が間に合えばってんだ？」

喜三郎の耳に、藤十の呟きが届いた。

「いや、上のほうからの声だよ。どう調べをつけてくれてるのかと思ってな。おそらく、あさっての夜には畳奉行の小宮山と細工所方同心の玉田も来て、分け前の分配をおこなうのだろう。そこへ、備後屋の長次郎さんを連れ込み、さらに島吉までも葬ろうとする筋書きだ。こっちが乗り込むのは、一堂に会したそのとき以外にねえだろう。それまでに……」

なんとか勝清からの達しがあればと、藤十は祈る思いであった。

願人坊主と浪人だけならば、町方の喜三郎でも召し捕ることができる。だが、旗本や役職がある奉行ともなると、おいそれとお縄にすることは叶わない。事後の承諾という手もあるが、申し開きであとの始末が大変そうである。早く老中勝清のお墨付きをもらいたいと逸る藤十であった。

「長次郎さんを今度も止めなくちゃあいけねえなあ」

藤十が考えているところに、喜三郎の言葉が重なった。

「ああ、そうだな。あした島吉に最後の使いをさせるって言ってたよな？」

「ええ、たしかにそんなことを……」

「だったら先に行って、言っといてやらなくちゃいけねえな。ここは長次郎さんが怖気《おじけ》づいて、島吉のほうが何かあると感じ取ってもまずい。ここは長次郎さんに一芝居打ってもらい、何ごともないように相手の伝言を受け取ってもらうことにしねえと」

備後屋長次郎をうまく引き止め、あさっての夜、藤十と喜三郎は長延寺に乗り込むことに決めた。もう、奉行だろうが旗本だろうが、ここを逃しては相手を一網打尽にすることは容易でないと、藤十は意を決する。

――あとは親父様がうまく取り成してくれるだろう。

そこに思いが至って、藤十の気持ちは軽くなった。


翌日早く、藤十は備後屋の長次郎を訪れ、ことの次第を話した。

「かしこまりました。島吉が来たら、あすは必ず行くと伝えればよろしいのですな。五百両の手形を携えてと一言添えまして……」

「ええ、そうです。そう言うだけでよろしいので、くれぐれも島吉には気どられないようにお願いします」

藤十が頭を下げたそのときだった。

「手前も行きましょうか？」

「えっ、今なんとおっしゃいました？」

長次郎の意外な申し出に、藤十は思わず聞き返した。

「手前も行くと言ったのです。あした、手前が行かなかったら奴らはどう出るか分かりません。露見したかと警戒もするでしょうし。ここは手前が囮《おとり》となれば相手も油断することでしょう。そうして藤十さんたちのお役に立ちたいのです。手前は河内屋さんと多治見屋さんの意趣を晴らしたい。袖振り合った縁でございますからな」

「かなり危ないですが……」

「危ないことは百も承知、千の覚悟がございます。藤十さんたちが、せっかくそこまでつき止めたのならば、ことが成しやすいようにして差し上げるのが当然です。それに、商人としての意地がありますからな」

しくじれば、みすみす命がなくなることが分かっている。そのことをさらに説いても、長次郎は頑《がん》として聞きいれなかった。

「幾度言わせます。覚悟はできてると言っているではございませんか」

長次郎の心意気を、藤十は頭の下がる思いで聞いた。


その日の夜。六畳一間の藤十の宿で、佐七を含めた三人があしたの段取りを語り合っている。

「長次郎さんの心意気をこっちも買ってやらねえとな」

意気込む喜三郎は片膝を立て、いきなり脇に置いた大刀の鞘をつかむと、柄を握り一気に抜き放った。

喜三郎の振る一竿子は、藤十と佐七が坐る合い間の空気を裂き、畳床の寸前で切っ先が止まった。その抜き身の素早さを目のあたりにし、佐七の体は震えを帯びている。

「危ねえじゃねえか。こんな狭いとこでそんなもん振り回すんじゃねえ」

「ああ、すまねえ。こうとなったら、奴らをぶった斬ってやる。覚悟しやがれ」

およそ奉行所同心には似つかわしくない言葉を喜三郎は吐いた。

「おい、いつからあんたは斬り捨て御免の火付盗賊改方になった。町方同心はふん縛るのが本分だろ。いずれ奴らは打ち首獄門と切腹だ。その前に、腕や肋骨の二、三本でもへし折って、痛《いて》え思いをさせてやったほうがよっぽど殺された人たちの意趣返しになると思うがな」

「そうかもしれねえ」

喜三郎の激昂《げっこう》が藤十の言葉で治まりを見せた。

「それなら藤十はどうして足力杖を仕込みにしたんだ？」

杖の仕込みが銘刀正宗の脇差でできていることを、喜三郎は知らない。これも言ってはならない秘密であった。

「ああ、これは単なる御守りってことよ」

藤十は答えをこれだけで済ませた。

五

そして翌日――。

仕込み正宗の手入れをして藤十は夜が来るのを待っていた。備後屋長次郎からは、暮六ツ半に竪川の松井橋という報せがあった。半刻遅くしたのは、暮六ツでは明るさが残るからであろう。これが藤十には幸いした。

藤十が外に出ずにその日ずっと宿にいたのは、勝清からの報せがあるかもしれないと思っていたからだ。

昼を過ぎ、八ツの鐘が鳴ったところであった。

「ごめんくださいまし。藤十さんのお宅はこちらで？」

中間風の男が藤十を訪ねてきた。

「ああそうですが」

と答えたとき、藤十はあっと思った。男は書状を一通携えている。

「これを藤十さんへと……」

誰からの書状とは、この男は知らぬのであろう。藤十が受け取ると、男は「それではごめんください」と言って、表の腰高障子を閉めて出ていった。

男がいなくなり、さっそく藤十は書簡の封を解いた。

急ぎ藩邸に来られたし　勝清

とだけ認《したた》められていた。

面倒だが一度母親であるお志摩の家に行き、正装に着替えなくてはならない。一橋御門近くの上屋敷までは一里弱だが、柳橋近くの平右エ門町を回るとほぼ倍の距離となる。

二刻半の間に着替えて、勝清の話も聞いて、さらに竪川の松井橋まで行かなくてはならない。ここも藤十のところから一里近くある。藤十の身はにわかに忙《せわ》しなくなった。

生憎《あいにく》佐七は出かけていていない。藤十は向かいに住むお律に言づけを頼んだ。

「佐七が帰ってきたら、一橋御門近くに行ったと言ってくれ。それで、もし遅くなるようだったら、先に行っててくれと。それだけ言えば分かる」

「分かりました。一橋御門ですね」

お律も快く引き受けてくれる。いつも高額の駄賃をつかませていることもさることながら、佐七の男前も利いているのであろう。これで憂いもなく、藤十は出かけられる。

藤十は、普段の仕事着ではなく、夏向きの着流しで出かけることにした。仕事着よりもかなり地味である。足力杖は置いていく。

「……急がねば」

とは呟くも、脚には限界がある。このままでは間に合わないと思ったところで、堺町の角から運よく空の町駕籠が出ていた。そういえば、この近くには中村座と市村座がある。芝居見物の客を乗せ、頻繁に駕籠屋が出入りするところでもあった。

藤十を担《にな》っても駕籠屋の脚は、倍以上の速さがある。意外と早く、藤十はお志摩の家に着いた。そしてすぐに、先日と同じ格好に着替える。

「帰りは寄らないから、この着物はあとで返すことにする」

「分かったから早くお行き。急いでるんだろ」

待たしてある駕籠に乗り、四半刻ほどで一橋御門に着くことができた。酒手をはずみ、藤十は話が済むまで駕籠屋を、門前の一町手前で待たせることにした。

先日の来訪で見知った門番に声をかけると、藤十が来ることを知らされていたとあって、すぐに奥に通されることになった。

通された部屋は、先日と同じ書院の間であった。

「意外と早くことが判明したぞ」

襖を開けるなり、勝清は口に出した。いつになく、顔も上気している。

この日は端から近臣を遠ざけている。それだけ大ごとになっていると、聞く前から藤十は知れた。

「藤十、実はな、この事件は老中の松平殿の何気ない一言から出たことであった」

「松平様……？」

勝清が言う老中松平殿とは上野国館林《たてばやし》藩主越智《おち》松平武元《たけちか》のことである。

「松平殿がな『――このたびはとんでもないことを口走ってしまった』と平謝りしていたぞ」

早く藤十に知らせたかったのか、勝清は上座に据えられた座蒲団に坐る間もなく言った。だが、それだけでは藤十には何がなんだか分からない。怪訝な目をして勝清を見やる。

「まずはだ、大奥では最近畳替えはおろか、菜種油や瀬戸物なんぞは発注してはおらんとのことだ」

「やはり、そうでしたか」

「それをまず調べた上で松平殿とわしが、作事奉行の永井重成《ながいしげなり》と畳奉行の小宮山、なんと申したかな、そうだ平四郎だ。その小宮山平四郎なる者を今朝方呼んで問い質《ただ》したところ、覚悟をしたのかすべてを白状しおった。やはり、このたびの件は作事奉行の永井から下役のほうに広がった。そして、畳奉行の……」

小宮山平四郎から、細工所方同心の玉田金衛門《きんえもん》に話が流れていった経緯である。

老中板倉勝清からことの詳細が、藤十に語られる。

すべては四月以上前に、老中松平武元の口から漏れた、何気ない一言が発端となった。

江戸城西丸改築普請の件で、板倉勝清と田沼意次、そして松平武元の、三人の老中が寄り合い、作事奉行の永井重成を呼んで指令を下したことがあった。そして、会議のあとで雑談となった。そのとき、松平が『――それにしても改築普請は金がかかりますなあ。わが国元の城郭も、このたび改修をせんといけなくなりましてな。見積もらせたところ、ざっと五千両かかるとのこと。財政難の折に、難儀でございますわ。あはは……』と、笑いでごまかしながら愚痴をこぼしたことがあった。

それを聞いていた永井が、松平の愚痴を強請《ねだ》りと取り、賄賂《まいない》を贈り出世の足がかりにしようと考えた。

——身共が用立ててやろう……。

永井の余計な思い込みが、下役へと広がっていくことになった。

永井は二千石の大身であるにもかかわらず、作事奉行という下三役の役職では飽き足らない。あわよくば寺社奉行、勘定《かんじよう》奉行までこれを機にと、さらにその上の出世をもくろんだ。

作事奉行には、あちらこちらからの賄賂が多い。だが、五千両とは容易な額ではない。ここで永井は一計を案じた。

「……この三、四か月の間に、内密で五千両作れぬだろうか？」

永井は、配下である畳奉行の小宮山平四郎を呼んで、相談をもちかけた。

「何にお使いで？」

「いや、使途は言えん」

いつぞや無礼講の酒の席で『——俺は畳奉行なんぞで……』と、くだを巻いていたのを思い出した永井は、小宮山の出世欲のあるところを見込んで、白羽の矢を立てた。

「平四郎も畳奉行なんかで、一生を終わるつもりもないだろうに。ことがうまく運んだら、勘定組頭に取り立ててやってもよいぞ」

「はっ、かしこまりました」

いやですと、首を振ったらどういうことになるか分からない。断ることもままならず、小宮山平四郎は畳に平伏した。

出世欲のある小宮山は、出世の足がかりになればと考えた。百石から三百五十石への昇禄に食指が動く。

——作事奉行の命を受けた上には、是が非でも……。

畳は地味なるがゆえに裏金は作りやすいし、発覚する度合いも少ない。しかし、たとえ三、四か月の期間があったとしても、畳表という地味な物品では、額が張らない。五千両をひねり出すのは苦肉であった。

——畳表だけでは追いつかない。ここは台所の細々《こまごま》としたものまで扱う、細工所方をも加えよう。さて、誰がよいか？

細工所頭の下には三十人ほどの同心がいる。小宮山は、数いる同心の中から一人、悪知恵の働く男の顔を思い出した。出世願望と金銭欲の強い男である。

「……玉田金衛門か。この者しかおるまい」

さっそく小宮山は玉田を呼んで、話をもちかけた。

「さて、金衛門。うまくことが運んだら……そうだ、永井様に申し出て、畳奉行に推挙しよう。わしがいなくなって穴があくでな」

三十俵二人扶持から、百石取りの出世である。思わず玉田はにこりと笑った。

「そんなことでしたら容易《たやす》いことでございます。五千両くらいでしたら。小宮山様の畳と、身共が取り扱います菜種油と瀬戸物を合わせますれば、そのくらいは……」

共に三十五歳と齢は同じであるが、身分に開きがある。口の利き方に、その差があらわれていた。

「なんと頼もしいことを申す」

「はい。思いつきましたのは、業者を選び偽《いつわ》りの発注をして実際に取引きをさせるのです。それで届いた荷物をいただいて、横流ししてしまえば……。されば、小宮山様が必要な五千両ぐらいにはなるでしょう。そうだ、大奥からの注文と添えてはいかがかと。疑われようがありませんからな。それに、御用達の特権もつけてやれば、いやと言うどころか喜びましょう」

小宮山の口から、おおよそこのようなことが語られたと、勝清は言った。

「それで気の毒にも、選ばれた業者が藤十の言っている三軒のお店だ。うまく言い含められ、しかも産地にまで買いつけに行かされ、挙句の果ては殺されてしまったのだろう。えっ、畳問屋はまだ無事か。そうか……」

勝清の顔に、幾分安堵したような表情が浮かんだ。

「それで、すでに作事奉行の永井から五千両が松平殿の元に届いているそうだ。どうしてこさえられたか怪訝に思っていたそうだが、この話をしたところ大層驚いておられた。申しわけないと平謝りをされてな。むろん、五千両は手つかずのままで、どこに返せばいいのだとおっしゃられておった。それにしても、畳表や、油なんぞの横流しで五千両もつくれるものだろうか？」

「それは親父様……」

今度は藤十が語る番になった。

「はい。それで小宮山と玉田のどちらかが、小普請支配下の深尾真十郎という旗本に声をかけたらしいのです。それらが共謀して上方からの荷の運搬にかこつけ、廻船問屋の乗っ取りを企てたのです。大奥に納める品物を盗まれてしまった責を負って、廻船問屋の主は自害をいたしました。身代すべての権利書を奪われた上にです」

「それにしても、卑劣よのう……」

勝清の憤恨こもる声音に、藤十は頭を下げた。そして、言葉をつづける。

「廻船問屋は稲戸屋と申しましたが、その身代すべてを札差の大店に六千両で売りつけ、品物横流しでつくった数千両。そしてあろうことか、奪った品物をたてに、三軒の商家からそれぞれ五百両の身の代金まで奪ったのです。畳問屋の備後屋さんはまだですが、すべて手に入れますと、四千両が手に入ると、あやつらは算段しておりました」

「なんと、四千両もか」

「はい、それを今夜山分けにすると聞きおよんでおります」

「それにしても藤十、よくそこまで調べおったな」

「はい。そこで、親父様……」

勝清の褒め言葉を聞いて、藤十はひと膝乗り出した。

「今夜、乗り込んでいって征伐しようかと思っておるのですが、小宮山と玉田は……」

「藤十、案ずることはない。小宮山と玉田はすでに捕らえて蟄居《ちっきょ》させておる。追って切腹の沙汰が下されよう。永井は佐渡の金山送りにでもするか」

「それでは、旗本の」

深尾はどうしましょうかとの藤十の言葉を、勝清は遮っていう。

「大目付にわしから話しておく。存分に痛めつけるがよい。なるべくなら、生かして引き渡してもらいたいがのう」

「端からそのつもりです。あと、素浪人と似非《えせ》坊主がおりますが、こちらは町方の手に引き渡します」

「左様か。わしは得心したから、藤十にあとは任せたぞ。くれぐれも気をつけてな」

老中板倉佐渡守からのお墨付きをもらい、藤十はふーと安堵の息を吐いた。

勝清との面談に半刻少々。板倉家上屋敷を出たときには、陽はかなり西に傾いていた。陽の位置からして七ツ半になろうか。駕籠に乗れば暮六ツまでには藤十の宿に余裕をもって着ける。それからさらに竪川までにも、駕籠に乗ろうと藤十は考えていた。

一町ほど離れたところに駕籠屋を待たせてある。塀の向こうにいるはずだ。

「駕籠屋さん、お待たせしました」

と藤十は言って塀の角を曲がったが、そこに待たせておいた駕籠屋はいない。

六

「藤十さん、遅いですね」

「ああ、何してやがんだか。どこに行ったかしらねえのか？　佐七は」

「へえ、帰りやしたらお律ちゃんが『一橋御門の近くに行く』と言ってやしたから、お偉いお方のところかと。それで『遅くなったら先に行ってろ』と伝言がありやした」

「お偉い方というと、何か分かったのかな？」

　竪川の松井橋の近くで、喜三郎と佐七が藤十の来るのを待っている。佐七の足下には、みはりがへばりついている。

　そろそろ約束の刻、六ツ半になろうとしている。すでにあたりは夜の帳が下りている。それでも十三夜の月が地上を照らし、喜三郎の目でも六間堀の川面の様子が見て取れた。

「おっ、来たようだな」

　櫓を漕ぐ音に目を向けると、先日と同じように舟の上には二人の男が乗っていた。

やはり、西念が舟を漕ぎ、浪人の桑田が胴の間にいる。

　竪川に架かる二ツ目之橋の上に、提灯をもつ男の姿があった。橋を渡り、こちらに向かってくる。松井橋から五間ほどのところに来て、それが備後屋長次郎であることを、喜三郎は知った。

「……よく踏ん切りをつけたもんだ」

　と、喜三郎が呟いたところに声が聞こえてきた。

「備後屋だな……？」

「あなたがたですか、畳表を奪ったのは。それで、どこにあるのです？」

「約束の五百両はもってきたか？」

「ええ、安田屋の振出し手形がここにあります。だが渡すのは、品物と引き換えにします。見たところ舟には荷が積んでいないようですね」

　この期におよんでも、長次郎の口調には商人の頑なさが表れていた。

「四千畳分ともなれば重いのでな、別のところに置いてある。積んでいる平田船ごと渡すつもりだ。そこに案内するから、この舟に乗りな」

　声からすると、長兵衛と話しているのは主に西念のほうであった。がらがら声で分かる。浪人の桑田は斬る役目なのだろう。

「いや、舟には乗りません。ばっさりやられてはいやですからな。行くところを教えてもらえばそこまで行きましょう。もっとも、この明るさならば舟を見ながら付いていくこともできますけどな」

夜の暗さに乗じ、松井橋の袂で殺戮《さつりく》があるかと懸念し、佐七は物蔭から出ると橋の欄干にもたれかけ、夕涼みのふりをして月を眺めた。そして同心の喜三郎が、竪川の土手の上を所在なさげに行ったり来たりしている。

「そ、そんな、ばっさりなどと……」

甲高い声であった。肚を見透かされたかと、桑田から出た言いわけの口が吃《ども》って聞こえた。

「分かったから、堀沿いを歩いてきな。見失うんじゃねえぞ」

舟は川面を動き出し、長次郎が陸の上であとを追いはじめた。

「藤十の野郎、何してやがんだ」

すでに相手は動き出しているのに、藤十はこない。仕方なく、喜三郎と佐七、そしてみはりは長次郎の五間うしろについて追った。行く先は分かっている。

舟を北森下町の桟橋に着け、西念と桑田はそこから降りた。西念は六尺近い上背がある。右手で背丈と同じ長さほどの錫杖《しゃくじょう》を握っている。

「おい、こっちだ……」

陸で長次郎と落ち合い、三人は門扉の蝶番《ちょうつがい》が外れた山門から中に入っていく。

気づかれないほどの間を取って、喜三郎と佐七も境内に足を踏み入れる。みはりがあとからついてくる。

庫裏ではなく、本堂に灯りが点っている。一同が集まるには、広い板間がいいからだろう。

「連れてきました」

本堂正面の、格子目の観音扉を開けて西念が中に声を投げた。

「おう、連れてきたか」

鼻にかかる声が、佐七にも聞こえた。三人が中に入り、扉が閉まると喜三郎と佐七は、本堂の壁にへばりついた。深尾のほかに、もう一人いるようだ。破れた板壁の隙間から中をのぞくと、島吉であった。

「……島吉」

佐七が小声で言った。喜三郎は島吉の顔を知らない。

庫裏の縁の下で、おとといい佐七が聞いてきた通りの展開になっている。

──ここであと二人が来れば役者がそろうのだが。

喜三郎が思っているところに、声が聞こえてくる。

「まだ、二人は来てませんね」

「ああ、もうすぐ来るだろうよ」

このとき喜三郎は佐七の言っていたことを思い出していた。『──おまえらの残虐さを、最後にあの畳奉行らにも見せつけてやるがいい』と。だから、小宮山たちが来るまでは、長次郎には手を出さないであろう。

それにしても、藤十は遅い。

いささか、喜三郎にも焦りが生じてきている。

「……いざとなったら、俺一人でやるか」

もう藤十には頼らねえと、覚悟を決めたときであった。うぉーんと山門の外でみはりが遠吠えを発した。喜三郎と佐七が振り向くと、山門をくぐって人が近づいてくる。影は一人であった。

藤十が忍び足で近づいてくる。

遅かったなと、無言で怒りのこもる喜三郎の目が向いた。

「遅くなってすまなかった。わけはあとで話すが、長次郎さんは無事か？」

息が漏れるほどの小声で藤十は訊いた。

「ああ、畳奉行たちが来るまで手を出さねえはずだ」

「小宮山と玉田なら、ここには来ない」

「えっ？」

「あの二人なら、すでに捕えられている。そして、いずれ切腹の沙汰が……」

「おめえ、どうしてそれを？」

「あとで話す。それより……」

奥に気を向けろと、藤十が指を差す。

「ならば、踏み込むか？」

「いや、もう少し中の話を聞いてからにしよう」

耳を近づけて、ようやく聞き取れるほどの藤十と喜三郎のやり取りであった。

「それにしても遅いな。何をしてるのだ、小宮山と玉田は……まあ、金が欲しくないのなら来なくてもいいがな。それより、畳屋。手形はもってきたかい？　それを出してくれたら、品物は返してやる。六間堀の向こう岸に平田船が泊めてあるから、それに乗って帰りな」

深尾がここの首謀者であった。

「乗って帰りなって、船は誰が漕いでいただけるんです？　大きい船なんでしょうに」

「だったら、あしたまでここにいな。舟人足を連れてきてやる」

「そんな、ご無体な。やはり、人をたぶらかしたのですね」

長次郎は覚悟の上である。騒がず落ち着いた声で言った。

それがよかった。

もし、うろたえて大きな声でも出したなら、相手も驚きその反動で抜刀していたであろう。

「今ごろ気がついたかい。用があるのは、その懐に入ってる手形だけだ」

「それで、河内屋さんと多治見屋さんを殺したってのか？」

「それを知っていて、よくここまで来られたもんだ。二人を殺ったというのは島吉、おまえが教えたのか？」

「いっ、いや……」

「まあ、いい。でっち上げた商いの筋書きに、のこのこと乗ってきやがったのが運のつきだ。あの二人はあんたみたいにここまで来ず、その場で逃げ出そうとしたから、ここにいる桑田が一刀の下に斬った。その際、すぐに身元が知れるようにと、懐に五百両の受取書を入れておいた。なぜそうしたかってか？　五百両もいただいたのだ、葬式ぐらいすんなりと出させてあげんとな。まあ、慈悲だと思え」

深尾の勝手な言い分であった。

藤十と喜三郎に一つだけ解せぬことがあったが、深尾の話で得心ができた。

「もうそろそろ五ツの鐘が聞こえてくるころだな。本撞きが二つめを鳴らしたところで、両方とも片づけることにしよう」

深尾が踏ん切りをつけるため、刻の鐘を合図と決めた。

「島吉もよく働いてくれたけどな。かわいそうだが、分け前をやることはできん。ご新造さんと息子のことは心配するな。端から俺たちは居どころを知らんのだから、手も出さぬ」

「なんですって？　奥様と坊ちゃんの身柄は預かっている、二人の命を助けたかったらと言われ、それで手前はあなた方の言うことを聞いていたのです。それじゃ、手前は騙されて今まで片棒を担がされていたっていうのですか。なんてことだ……」

「ああ、そう言うことだ。稲戸屋の誰かを味方につけんとやりづらかったからな。あんたがあの後家さんに岡惚れしていそうだったので、ちょいとくすぐらせてもらっただけよ。でも、よく動いてくれたぜ。もう、ここまでくれば用なしだ」

島吉は、店を追い出された徳兵衛の妻とその息子を楯《たて》に脅かされていたのであった。

「……もう許しちゃおけねえ」

またも卑劣の二文字が藤十の肚の中に湧き上がり、胃の腑の中から込み上げるような不快な塊《かたまり》が、呟きとともに口から吐き出された。

そのとき、宵五ツを知らせる鐘が三つ早打ちで鳴った。

「よし、これまでだ」

鼻炎でも患っているのだろう。鼻にかかるものの、はっきりとした深尾の声が外にも聞こえた。

幾分間をおき、一つ目の鐘が打ち出されるころだ。それを機に、藤十と喜三郎は、本堂入り口の観音開きの前に立った。

ぼぉーんと遠く横川の刻の鐘が、一つ目の本撞きを鳴らした。

「よし、桑田。こいつらを殺《や》ってくれ」

深尾に命ぜられ、桑田が刀の柄を握った、そのときであった。

「そうはさせねえぜ」

怒鳴りながら格子扉を蹴破ったのは、藤十だった。

「なんだ、おまえらは！」

深尾が、鼻の詰まった声で叫ぶ。

「なんだ、おまえらってか？　きさまらを退治にやって来たんだ」

「てめえらの悪だくみはとっくにばれちまってるぜ。神妙にしやがれ！」

藤十と喜三郎が荒れ果てた仏殿に入ると、桑田と西念が、前に立ちはだかった。

「何を小癪《こしやく》な……」

言うと同時に、桑田が足を一歩前に踏み出すと、居合で喜三郎の胴を狙った。

「とうっ！」と、水平に繰り出された物打ちが、喜三郎の腹をかすめて襲う。五寸の間で、白刃をかわした喜三郎は桑田の側面に回った。

その瞬間、喜三郎が払った一竿子の棟が桑田の脇腹を打った。グズッと、肝の臓が潰れるような鈍い音がした。桑田は刀身を床に落とし、激痛に脇腹を押さえる。床に片膝立てて痛みを堪える桑田に、喜三郎はさらに一撃を加えた。

「これは、おまえに殺された人たちの、恨みの一撃だぜ」

ひざまずく桑田の右肩目がけて喜三郎は刀を振り下ろした。一竿子の棟が鎖骨を砕く。

西念が六尺の錫杖の石突を繰り出すたびに、金輪がシャンシャンと音を鳴らす。石突は尖り、槍のようでもあった。

「神聖な菩薩《ぼさつ》様のもちものを、得物なんぞにしやがって」

西念を相手にしているのは、藤十である。鋼鉄の錫杖と、仕込み正宗の闘いであった。

錫杖の突きを、藤十は体を左右に振ってかわす。

「とぅ、とぅ、とぅ……おりゃあ！」

間断なく繰り出される錫杖に、藤十は攻め入る術《すべ》が見つからなかった。

藤十が間合いを狭めようと、足を繰り出すと、鋼鉄の棒が振り下ろされる。足力杖では打ち込みを防ぐことはできない。一撃あたれば杖もろとも、腕の骨が砕けてしまう。藤十は体を振って、かろうじて西念の突きと打ち込みをかわしていた。

藤十は、錫杖が届かぬほどに間合いを置いて、正宗の仕込まれた足力杖の先端を相手に向け正眼で構える。鉄鐺《てつこじり》の先を∞の形で回し、隙をうかがう。

鋼鉄の錫杖を振り疲れたか、幾分西念の突きに衰えが見えてきた。

傍らでは、すでに勝負のついた喜三郎が、深尾真十郎に一竿子を向けて牽制している。

佐七とみはりも深尾が逃げ出さぬよう、立ちふさがった。佐七は手を広げ、行く手を遮《さえぎ》る。みはりは歯をむき出して、唸り声をあげている。いつでも飛びかからんとする構えであった。

行く手を阻まれ、深尾真十郎は逃げ出せずにいる。

藤十と西念の動きは止まっていた。二人の荒い息遣いが本堂に広がる。

双方一分の隙も見せてはいない。

呼吸を整えて西念は、錫杖の石突を天に向けた。金輪が下に向いてチャリンと鳴った。正眼の突きから、上段からの打ち込みの構えを見せた。一気に勝負をつけようとの肚か。

藤十は、一間の間合いをどうしても詰めることができない。相手の得物のほうが長めにできている。一歩の踏み出しは、ちょうど錫杖が届く間合いとなる。足力杖が相手の胴を突く前に、打ち込まれるだろう。

藤十も攻めあぐむ。

西念の後方で、喜三郎に打ちのめされた桑田が、体を丸めて蠢《うごめ》いている。激痛に顔をしかめ、呻き声を発していた。

藤十は右に一歩回った。西念も同じく、一歩回って正面に対す。藤十は、足を半歩前に出して突きを繰り出す気配を見せた。間合いが詰まり、西念が錫杖を振り下ろすかと思いきや、藤十の気迫に押され、同じく半歩あとずさりする。

藤十が、もう半歩と足を前に送る。西念が半歩下がったところで、ふいに構えが崩れた。桑田の刀が板間に転がっている。その白刃の胴に西念の片足が載った。足を滑らせ、体勢が崩れた。西念の、初めて見せた隙であった。

そのときであった。藤十は仕込みの鯉口を切って、突きを一本繰り出した。鞘が抜けて真っ直ぐに飛び、鉄鐺が西念の籠手《こて》に当たった。痺れる痛さからか、西念の片手が錫杖から離れた。

すかさず藤十は一歩を踏み出し、力の失せた錫杖の打ち込みをくぐると、刃渡り九寸二分の正宗を逆袈裟に払った。

ごろんと床に転がる錫杖に、西念の右手が握られている。西念の体は激痛で一間離れたところでのたうちまわっている。

藤十が、仕込み正宗で初めて人の体を斬った瞬間であった。

七

藤十と喜三郎の顔は、深尾真十郎に向いた。

「俺を直参旗本だと知っての狼藉《ろうぜき》か。無礼者めが！」

深尾真十郎は二百石取りの旗本である。権力を笠に着て威厳を示した。だが、声が鼻に詰まるので迫力がない。

「旗本だからなんだと言うんでえ！　だったらなおさら勘弁できねえ」

藤十は怒り心頭に発すると、顔を真っ赤にして、足力杖の鉄鐺を真十郎の鼻先に向けた。

「てめえが一番悪い野郎だ」

鞘に収められた仕込みの先を深尾に向けて、藤十が吐き捨てるように言った。

と、そのとき、深尾が足力杖の胴をむんずとつかんだ。そして、足力杖を藤十の手から奪おうと、力を込めて引こうとしたときであった。

藤十が足力杖の取っ手を少し捻ると、鯉口が切れ、仕込みが鞘から抜けた。その反動で深尾はうしろに二、三歩よろめくと、三寸高い須弥壇《しゅみだん》につまずき、尻餅《しりもち》をついた。

一尺二寸の鞘が深尾の手に握られ、刃渡り九寸二分の刀剣部分が再び姿を現す。正宗の切っ先が、須弥壇に転がる深尾の鼻先に向いた。地沸《じにえ》広直刃《すぐは》の刃文に、百目蠟燭の灯りが反射して光る。

「助けてくれ」

仕込み正宗を目の前にして、深尾が命乞いをする。

藤十はもう正宗で人を傷つけたくはなかった。その代わり――。

「いいから、鞘を返してくれ」

藤十は、深尾の手に握られている鞘をひったくると、正宗を収めた。

「あんたみてえなのをぶっ叩くのに、こいつはもったいねえ」

言って藤十はうしろを振り向き、喜三郎に話しかけた。

「さて、いかりやの旦那。こいつを……」

藤十がうしろを見せたところで深尾は立ち上がると刀を抜いた。上段から振り下ろして、藤十の背中を袈裟懸けに斬り込む。

旗本としての意地が一分でも残っていたのか、深尾真十郎の最後の抗いであった。

「藤十、危ねえ！」

深尾が踏み込むより藤十は一歩素早く体を前に送ると、背中に一筋疾風《しっぷう》が奔るのを感じた。

深尾の繰り出す白刃を避けた藤十は、振り向きざまに足力杖の鐺を突いた。深尾の肚に、杖の先端がめり込み、深尾は再び須弥壇の上に転がった。

「そこはお釈迦《しゃか》様の居るところだ。おまえみたいな奴が寝転ぶところじゃねえ」

須弥壇とは、寺の和尚が勤行《ごんぎょう》をする場所である。藤十は壇上から深尾を引きずり下ろすと、怒りを足力杖に込めた。

「卑怯者めが、天誅を下してやる。作兵衛さんたち、みなさん方の恨みがこもってるぜ！」

倒れている深尾の、眉間にある経孔《つぼ》印堂を、藤十は足力杖の鐺で突いた。

本来、印堂は、鼻の病気に効果のある経孔である。鼻炎にいいとされる。そして、人間の急所でもある。

深尾はもんどりうつと、やがて動かなくなった。

鼻の穴からおびただしく血が流れ出している。

「死んじまったか？」

「いや、このくらいじゃ死にゃしないさ。気を失っただけだ」

すでに桑田と西念はお縄にされて観念している。桑田は骨が砕け、西念は右の手がない。二人とも、呻き声をあげて痛がっている。

「ざまあみやがれ。これで、人の痛みってのが分かっただろう」

喜三郎が唾でも吐きかけるように、怒声を浴びせた。

ことの始終を仏殿の片隅に立って見ていた長次郎と島吉が、藤十と喜三郎に向けて深く頭を下げた。


翌日の夜、喜三郎と佐七は藤十の宿に集まり、事件を語り返していた。

「それにしても、深尾真十郎という奴は、悪い野郎でしたねえ……」

佐七が、冷酒を呷《あお》りながら言った。

「あんな鼻づまり野郎には、印堂をつっついてやるのが一番だ」

藤十が、芋の煮ころがしに箸を刺しながら言った。

「それと桑田と西念だが、痛め吟味をするまでもなくみんな吐いちまったぜ。十日後には、小塚原《こつかっぱら》の三尺高い獄門台に首が晒《さら》されていらあ」

言いながら喜三郎が、酒を呷る。

「人の欲望ってのは、際限がねえものなんだなあ。欲が欲を呼んで、三人もの方が亡くなってしまった。金が欲しくて深尾の口車に乗った桑田と西念も、結局一文も得ることなく獄門だからな。馬鹿な奴らだ」

茶碗に注がれた酒を呑みながら、藤十はしんみりとした口調で言った。

「残った金が、長延寺に手つかずにあってよかったですねえ」

佐七が芋の煮ころがしで、頰を膨らませながら言った。

換金された金が分配されず、三千数百両の小判が庫裏に置いてあった。そして別間には、売りっぱぐれた備後特一の、最上等畳表の俵が百俵ほど堆《うずたか》く積まれていた。

「ああ、横流ししようにも畳表じゃなあ。畳屋以外誰も買う人はいねえ。備後屋の長次郎さんは、ほっとしていたようだがな。だけど、産地問屋への千両の支払いも残っていて、これから金繰りに四苦八苦するみてえだ。大変な在庫を抱えたと、長次郎さんがぼやいていた」

「それだって、命と身代がありゃあものだねだぜ、藤十」

「ああ、それでだ。不幸中の幸いというのだろうか、五千両は戻るそうだ。寺にあった金と合わせて……」

「ちょっと待て、藤十。五千両が戻るって、それは誰の手に渡ってたんだ？」

きのう勝清から聞いていた一連の流れを、藤十はまだ喜三郎と佐七には話してはいない。

「いや、それは俺にも分からないんだ。何も知らずに五千両を受け取ったそのお方が、かなり恐縮していたと、あるお方が言っていた。きのう遅くなったのは、畳奉行の小宮山と細工所方同心の玉田が、白状したという件《くだり》を聞いてきたからだ。その二人も近々切腹と沙汰が決まったらしい。手引きをした作事奉行は、役職を召し上げられ、佐渡金山の人足改役へと左遷《させん》になるそうだ」

喜三郎は、藤十の話の中に出てくる『あるお方』が誰なのか、そのたびに首をかしげるのであった。客である大身の旗本と言ってはいるが、どうもそうではないらしい。だが、藤十が話さぬ以上、その先の詮索はしないことにしていた。知ったらまずいだろうとの思いがよぎる。その代わり、喜三郎には大手柄が転がり込んだのである。それで十分だというのが喜三郎の思いであった。

「戻る金の五千両と、寺にあった金は二軒の店と稲戸屋のご新造さんに戻さなきゃならないのだろう。それで、河内屋さんも多治見屋さんも再興が叶うんじゃないかな。旦那さんを亡くしたのは気の毒だが……」

あした河内屋に行って、お登季の様子を見てこようと、藤十は思った。まだ追い出されてはいないだろう。それに、大坂の富田屋への支払いもできるはずだ。

「あの気丈な奥方たちだ。あとはうまくやっていくだろうよ」

喜三郎が、多治見屋の内儀おみつの顔を思い出して言った。

――これで立ち直ってくれればいいが。

そう願うばかりである。

「ところで、稲戸屋さんはどうなるんだ？」

「そのことだが、結局島吉さんは、追い出されたご新造さんと五歳になる徳兵衛さんの倅《せがれ》を楯に踊らされていたんだが、それでも手先となった罪は免れねえだろうな。島吉さんは知らなかったらしいが、今、あの母子は浅草でひっそりと暮らしているのが分かった。それというのも、鹿島屋七郎右衛門さんが、あまりも気の毒だと手を差しのべて、引っ越しからすべてにわたり、そっと面倒を見ていたらしい。それでも、商いは商いと割り切るところが大店の主たる所以《ゆえん》だ。今朝ほど調べのために、鹿島屋に行って聞いてきた」

「いいところがあるじゃないか。ん？　そっとというからには、もしかしたらご新造さんへの二心でも……」

「ああ、かなり別嬪《べっぴん》だからそうかもしれねえな。まあ、そいつはどうでも。そうだ、肝心なことを言ってなかった。七郎右衛門さんは廻船問屋から手を引くそうだ。稲戸屋のときからずっと働いてきた船頭と舟人足たち十人ほどが、きょう捕まった。深尾は稲戸屋の船頭たちを金でもって抱き込み、六月の初旬に届いた河内屋さんたちの荷をかっぱらって、長延寺に運んだという咎だ。人手の半分以上をもっていかれ、その上運営を任せていた島吉さんもいなくなったとあっちゃ、誰が舵《かじ》をとって行くか分からねえ。素人には手が負えねえとも言っていた」

「鹿島屋さんが買い取った六千両は、母子に返されるのだろう？　徳兵衛さんが遺《のこ》した財産だからな。それで、また店を買い取るかどうかはご新造さん次第だろう。それをどうしようが、俺たちにはなんとも言えねえところだ。まあ、幸せに暮らしてくれることを願うだけだ」

「六千両……そんだけありゃあなあ……」

六千両ときいて、佐七の喉がごくりと鳴った。

「いや、金がどんだけあったって、元に戻ることはできねえんだぜ。羨ましがるんじゃねえよ」

「そうでありやしたねえ。すいやせん、つい……」

「謝ることはねえよ。実は、俺もいっときそう思ってたからな」

「あっ、そうだ。もう一つ藤十に訊きてえことがあった」

藤十と佐七のやり取りを聞いていた、喜三郎が口をはさんだ。

「藤十がきのう遅れてきたことだが」

「ああ、すまなかったな。ちょっと、着替えに手間取っちまってな。まあ、そんなところだ」

藤十が壁に吊るされる小袖と羽織に目を向けながら、小さく笑みをこぼした。板倉巴の紋所が入った衣装を、喜三郎と佐七が首を傾げて見ている。

「もう、なんでもいいじゃねえか」

藤十が誤魔化《ごまか》そうとしたそのときであった。

玄関の腰高障子が開くと同時に、娘の黄色い声が部屋の中に届いた。

「また今夜も酒盛りなの？　よく飽きないわねえ」

悪態をついて入ってきたのは、向かいのお律であった。

三和土にいるみはりが、尻尾を振っている。

「これ、お父っつぁんからの差し入れ。初ものの秋刀魚《さんま》よ。棟梁《とうりよう》からもらったんだって。今焼いてきたの」

お律がもってきた皿の上には、こんがりと焼けた秋刀魚が三尾《び》載っている。

「……ああ、もうこんな季節になっていたんだなあ」

藤十の呟きであった。さっそく、焼けた秋刀魚を頭からかぶりつく。

「うん、こいつはうめえ！」

三人の声がそろって出ると、みはりが上がり框に頭を載せて一声吠えた。

仕込み正宗

一〇〇字書評

切り取り線

購買動機（新聞、雑誌名を記入するか、あるいは○をつけてください）

- □（　　　　　　　　　　　　）の広告を見て
- □（　　　　　　　　　　　　）の書評を見て
- □ 知人のすすめで
- □ タイトルに惹かれて
- □ カバーがよかったから
- □ 内容が面白そうだから
- □ 好きな作家だから
- □ 好きな分野の本だから

●最近、最も感銘を受けた作品名をお書きください

●あなたのお好きな作家名をお書きください

●その他、ご要望がありましたらお書きください

住所	〒				
氏名		職業		年齢	
Eメール	※携帯には配信できません		新刊情報等のメール配信を希望する・しない		

あなたにお願い

この本の感想を、編集部までお寄せいただけたらありがたく存じます。今後の企画の参考にさせていただきます。Eメールでも結構です。

いただいた「一〇〇字書評」は、新聞・雑誌等に紹介させていただくことがあります。その場合はお礼として特製図書カードを差し上げます。

前ページの原稿用紙に書評をお書きの上、切り取り、左記までお送り下さい。宛先の住所は不要です。

なお、ご記入いただいたお名前、ご住所等は、書評紹介の事前了解、謝礼のお届けのためだけに利用し、そのほかの目的のために利用することはありません。

〒一〇一―八七〇一
祥伝社文庫編集長　加藤　淳
☎〇三（三二六五）二〇八〇
bunko@shodensha.co.jp

祥伝社ホームページの「ブックレビュー」からも、書き込めます。
http://www.shodensha.co.jp/bookreview/

仕込《しこ》み正宗《まさむね》　長編時代小説

平成22年6月20日　初版第1刷発行

著者　沖《おき》田《だ》正《しょう》午《ご》

発行者　竹内和芳

発行所　祥《しょう》伝《でん》社《しゃ》

東京都千代田区神田神保町3-6-5
九段尚学ビル　〒101-8701
☎03(3265)2081(販売部)
☎03(3265)2080(編集部)
☎03(3265)3622(業務部)

印刷所　堀内印刷

製本所　積信堂

ISBN978-4-396-33591-5　C0193

祥伝社のホームページ・http://www.shodensha.co.jp/

祥伝社文庫

坂岡 真
のうらく侍
やる気のない与力が〝正義〟に目覚めた！　無気力無能の「のうらく者」が剣客として再び立ち上がる。

坂岡 真
百石手鼻《ひゃっこくてばな》　のうらく侍御用箱
愚直に生きる百石侍。のうらく者・桃之進が魅せられたその男とは。正義の剣で悪を討つ。傑作時代小説、第二弾！

坂岡 真
恨み骨髄《こつずい》　のうらく侍御用箱
疫病神のような男、いぼ俣軍兵衛。だが彼も殺され、金の亡者たちの陰謀が判明。桃之進が怒りの剣を揮う！

髙田 郁《かおる》
出世花
無念の死を遂げた父の遺言で名を変えた娘・縁の成長を、透明感溢れる筆致で描く時代小説。

藤井邦夫
素浪人稼業
神道無念流の日雇い萬稼業・矢吹平八郎。ある日お供を引き受けたご隠居が、浪人風の男に襲われたが…。

藤井邦夫
にせ契《ちぎ》り　素浪人稼業
素浪人矢吹平八郎は恋仲の男のふりをする仕事を、大店の娘から受けた。が娘の父親に殺しの疑いをかけられて…

祥伝社文庫

藤井邦夫　**逃れ者**　素浪人稼業

長屋に暮らし、日雇い仕事で食いつなぐ、萬稼業の素浪人・矢吹平八郎。貧しさに負けず義を貫く！

藤井邦夫　**蔵法師**　素浪人稼業

蔵番の用心棒になった矢吹平八郎。雇い主は十歳の娘。だが、父娘が無残にも殺され、平八郎が立つ！

藤井邦夫　**命懸け**

大藩を揺るがす荷届け仕事⁉　金一分で託された荷の争奪戦。包囲された平八郎の運命やいかに！

山本一力　**大川わたり**

「二十両をけえし終わるまでは、大川を渡るんじゃねえ…」博徒親分と約束した銀次。ところが…。

山本一力　**深川駕籠《かご》**

駕籠《かご》舁《か》き・新太郎は飛脚、鳶といった三人の男と深川から高輪の往復で足の速さを競うことに―。

山本一力　深川駕籠　**お神酒《みき》徳利**

涙と笑いを運ぶ、若き駕籠舁《か》き！深川の新太郎と尚平。好評「深川駕籠」シリーズ、待望の第二弾！